文
景

Horizon

社 科 新 知　文 艺 新 潮

WILLIAM SHAKESPEARE

HAMLET

哈姆雷特

[英] 威廉 · 莎士比亚 著

卞之琳 译

上海人民出版社

编者说明

卞之琳（1910—2000）先生是我国著名诗人、翻译家，1933年毕业于北京大学英语系。1940年后在昆明西南联大任教。抗战胜利后任教南开大学。1947年应英国文化委员会的邀请以旅居研究员待遇作客牛津一年。1949年任北京大学西语系教授，主讲英诗初步。1952年任北京大学文学研究所（后分出外国文学研究所，改隶中国社会科学院）研究员，研究项目为莎士比亚。1954年开始研究莎士比亚时代背景，比较各家文本考订，参考各家评论，同时试用保持原貌格律、基本上不变动诗体部分行数的方式翻译莎士比亚。《哈姆雷特》的译本出版于1956年。1977至1984年间，卞之琳译出了莎士比亚“四大悲剧”中的另外三部:《奥瑟罗》《里亚王》《麦克白斯》。

卞之琳先生翻译的特点主要在于严格地等行翻译，对于原作中剧词的诗体部分，仿照原文的五步抑扬格来翻译，并保留原文中的跨行。

本书的编校参考了《莎士比亚悲剧四种》（人民文学出版社，1988 年版）。为了尊重译者的语言风格和习惯，除了校订旧版中的明显错字外，本书中的人名、地名译法，以及与当下通行用法不同的异体字、异形词等，都保留卞之琳原本的译法而不予改动。

目 录

译本说明

一　莎士比亚的悲剧《哈姆雷特》《奥瑟罗》《里亚王》和《麦克白斯》后世号称“四大悲剧”。通行版本是出于18世纪以来许多学者根据莎士比亚同事与友好在他死后编集并由同时代著名剧作家本·琼孙（Ben Jonson）题诗的1923年出版的第一个莎士比亚戏剧集（后世通称“第一对折本”）以及莎士比亚身前身后出现的各种单行“四开本”和死后出版的其他“对折本”，综合考订编成，现代各种新版本已无重大歧异。这四部译本中，《哈姆雷特》主要根据陶顿（Edward Dowden）编订的“亚屯”版（1933，初版于1899）、多弗·威尔孙（John Dover Wilson）新剑桥版（1948，初版于1934）和吉特立其（George Lyman Kittredge）版（1939，初版），综合取舍，同时参考“环球”本（1930，初版于1877）、牛津全集一卷本（1930，初版于1904）、弗奈思（H. H. Furness）“集注本”（第五版，初版于1877）、亚达姆斯（J. Q. Adams，1929）、法俊（Herbert Farjeon，Nonesuch，1953）、西松（C. J. Sisson，1954）等人编订的版本及其他新版本,《奥瑟罗》主要根据吉特立其（1941）、渥克（Alice Walker）和威尔孙（新剑桥版，1957）、里德雷（M. R. Ridley，“亚屯”版，1958）,《里亚王》主要根据吉特立其（1940）、杜塞（G. I. Duthie，新剑桥版，1960）、缪尔（Kenneth Muir，“亚屯”版，1952，1982）,《麦克白斯》主要根据吉特立其（1939）、威尔孙（新剑桥版，1947）、缪尔（“亚屯”版，1957），以上三剧都也曾参考上列一些其他流行版本。最近国内出版的裘克安注释原文本《哈姆雷特》，也曾用以参考，校核旧译。

二 《哈姆雷特》田汉最早中译本（《哈孟雷特》）早年读过，已无印象；30年代出版的梁实秋译本（首先用《哈姆雷特》译名）已仅记得一处。本人译本译于1954年，初版于1956年，曾参考曹未风、朱生豪译本（及其吴兴华校本），加工中发现个别不谋而合处，未加更动，个别受启发处，已另行改进，即使晚近才出版的林同济译本，也在新近校订中用以鉴照。《奥瑟罗》部分译于1956年，全部译完于1984年，曾参考曹未风、朱生豪译本，特别是方平译单行本。《里亚王》译于1977年，曾参考孙大雨、曹未风、朱生豪译本，译名即循孙译本改掉目前虽较流行、实离原音较远的《李尔王》，而将孙译名《黎琊王》简化以避中国联想。《麦克白斯》译于1983年，也曾以曹未风、朱生豪（方平校）译本参考译校。上海电影译制片厂根据本人《哈姆雷特》译本整理为英国劳伦斯·奥里维埃尔的改编电影配音（由孙道临为片中主角配音）改名的《王子复仇记》（1958年初次放映，1978年后曾连续在全国各地放映并由电视转播），也曾给了译者以检验的机会。香港大学中文系张曼仪曾在所教翻译课上以本人《哈姆雷特》译本为参考教材，提供过若干学生反应，香港中文大学周兆祥学术专著《汉译〈哈姆雷特〉研究》对本人译本有大量分析批评，译者在新近校订中都曾加以考虑。

三　声明亦即志谢，同时也为读者提供参证与比较的线索。在此应加提一点：译者首先受益于师辈孙大雨以“音组”律译莎士比亚诗剧的启发，才进行了略有不同的处理实验。

四　各剧原本，导演词本来极少，后世编订者陆续作不同的添加（多弗·威尔孙加得最多）。这四部译本一律保持流行版本的面貌，尽量少加导演词；若不加说明，从剧词中即不易看出的动作，而多弗·威尔孙等的导演词中又有特别可取处，译本里也酌量采用或在脚注里注明。

五　注解力求简短。原文有些地方本来需要注解，但经过翻译，意思已经清楚，就不再加注。除在译文中已经采用的解释以外，译者认为也可取的不同解释，也间或在脚注里注出。

六　四剧古本，只在“第一对折本”的《奥瑟罗》末尾列有人物表，后世编订者一律在各剧正文前列出剧中人物表（及地点），而剧中人物都是按身份、地位、男女分先后，本不合理，后世通用，译本里亦仍其旧。人物表、导演词等在译文中一律用简易文言，以求简短而与剧词正文有明显区别，符合原来面目。原人地名汉写即所谓译音，尽可能与较为通用者一致，但为了较接近原音并符合汉语拼音，也有所更动（例如“苔丝德摩娜”改为“玳丝德摩娜”）。

七　译文中，逢原文用双关语处、谐音处，宁可增删或改换一些字眼，就原来的主要意义，力求达出原有的妙趣；逢原文故意用陈腔滥调处，也力求用相应的笔调，以达到原来的效果。

八　剧词主体，在译文中，以现代口语为标准，但也存心保持了一些还合乎汉语说话规律的欧化句法，例如“虽然”从属句搁在主句后边的倒装句法，又如“假如”“如果”“要是”等底下不加“的话”，“除了”“除开”底下不一定加“以外”（但“当”底下一定得加“的时候”，不然收不住——事实上，西语化成汉语，这种句法也不需要常用）。

九　剧词主体，在译文中，概用普通话，其中只用“你”不用“您”，只用“我们”不用“咱们”，只用“看”不用“瞧”，读者自明且习惯于严格分别的，可自行分别读出，作为“虚字”的“了”（并非“不得了”，“了不得”一类词组中的“了”）不另用它的变音字；“的”、“地”、“底”的分别也用不着，一律用“的”字。

十　剧词原文主要用“素诗体”（blank verse或译作“白诗体”，非自由诗体），每行轻重格或称抑扬格五音步（feet），不押脚韵，但也常出格或轻重倒置，或多一音步，且常用所谓“阴尾”即多一轻音节收尾，此外主要就是散文体。《哈姆雷特》戏中戏的台词用双行一韵体（中文里或称“偶韵体”或称“随韵体”，各剧每场终了一语或数语、格言、警句、在一种特殊心情中说的片断，往往也用双行一韵体。穿插到剧中的民歌片断、小曲、打油诗等等，自有各种不同的格律，用韵也有不同的变化。译文中诗体与散文体的分配，都照原样，诗体中各种变化，也力求相应。在“素诗体”场合，也避用脚韵，按汉语规律，每行用五“顿”（或称“拍”或“音组”，非西诗律的“行间大顿”）合五“音步”，每“顿”（“拍”，“音组”）当中不拘轻重音位置，但总有一个主要重音（两个同重音或同轻音连成一“顿”〔“拍”，“音组”〕也就相当于一个重音），不拘字数多少，但每行字数一般大致在十个与十五个之间（遇外国人地名模音汉写除外）。照现代汉语的吐音法，每“顿”（“拍”，“音组”）最普遍是两个字和三个字（即两音节和三音节），一字“顿”（“拍”）和四字“顿”（“拍”，“音组”）较少。四字“顿”（“拍”，“音组”）最后一字必然是虚字（“的”、“了”、“吗”之类），不然就分成两个二字“顿”（“拍”，“音组”）；一字“顿”（“拍”）遇上下文是二字“顿”（“拍”），往往随本行需要粘附上一个或下一个二字“顿”（“拍”，“音组”），不再独立成为一“顿”（“拍”）。诗体中，为了有别于散文，使节奏明显整齐，更主要取二字“顿”和三字“顿”，以它们为基干。外国人地名写成中文，因为一般要读得快一点，最初（在《哈姆雷特》一剧中）以中文四字（四音节）以下到四字读成一“顿”（例如“哈姆雷特”算一“顿”，“福丁布拉斯”算两“顿”），后来在另三剧里改为照原文音节数来读，协合中文诗体的“顿”律，不拘中文里写出来字数有多少（例如“莪菲丽亚”原文是三音节，在中文里可作“顿”读，“奥斯瓦尔德”原文仅是两音节，在中文里亦作一“顿”读），总之外国人地名基本上照外国读法。偶有原文出格，译文中却保持正常，或者相反，但不多见。

十一　剧词诗体部分一律等行翻译，甚至尽可能作对行安排，以保持原文跨行与行中大顿的效果。原文中有些地方一行只是两“音步”或三“音步”的，也译成短行。所根据原文版本，分行偶有不同，酌量采用。译文有时不得已把原短行译成整行，有时也不得已多译出一行，只是偶然。原文本有几个并列的形容词、名词之类，偶照国外莎士比亚译者的习惯，根据译文要求（主要是格律要求），在译文中酌量融汇成一两个或删去一两个。这些出格与原文不能完全保持一致处，脚注中不一一注出。总之，原文处处行随意转，译文也应尽可能亦步亦趋，不但在内容上而且在形式上尽可能传出原来的意味。

十二　原剧诗体部分读起来应比散文部分稍慢，译文读起来也应如此，诗体部分读起来略近于旧戏里的道白，散文体部分一般就相当于京剧里的京白、昆剧里的苏白，译剧中原该用北京土白相应处，因非本人力所能及，只是尽量设法译得俚俗一些。插入剧词中的谣曲、小调之类，注明“唱”的（例如玳丝德摩娜的《杨柳曲》）是按谱唱的，没有注明“唱”的韵语、打油诗之类，只是随口哼哼（例如哈姆雷特信手拈来的一些片断）。译者还不能确定有律无韵的“素诗体”在中文里也可以成为一体（在西方现代也已过时），在这四部悲剧的译本里，只是照原文的本来面目，这样试用，如果读者不感到是诗体，不妨就当散文读，就用散文标准来衡量，因为译者的最低要求就是：不管诗体也罢，散文体也罢，必须合乎我们说话规律的汉语。剧本演出，是导演的再创造，可以节删和另行安排，这四部译本只是戏剧文学读物，不限制导演采用的删改自由。

卞之琳

1985 年 10 月

译者引言

没有具备一定价值的作品，也就谈不上具备一定价值的作家。即使民间史诗，有了作品的物证才说得到创制与口头上以至书面上流传的（以及在流传中创造性加工的）无名氏集体与个体。没有莎士比亚名下 37 部的戏剧（包括部分显然与别人合作的以及仅仅插写了几段台词的），文学史上也不会有这位世界大名家的地位。而《哈姆雷特》《奥瑟罗》《里亚王》和《麦克白斯》从 19 世纪以来已经被公认为莎士比亚的“四大悲剧”，尽管还有人（包括译者本人也曾一度）尝试撇开《麦克白斯》，终还不能否定其（“四”而不是“三”）为莎士比亚悲剧的中心作品以至莎士比亚全部作品的中心或转折点以至最高峰。别的且不说，就莎士比亚悲剧而论，各时代、各人的好恶且不说，就二三百年来已成传统的反应而论，客观上恐怕难于否定这四个“最”字称号:《哈姆雷特》——地位最重要;《奥瑟罗》——结构最谨严;《里亚王》——气魄最宏伟;《麦克白斯》——动作最迅疾。“四大”就“四大”吧，虽然谁也不知道莎士比亚自己怎样想，他只是被公认为写了这四部悲剧而已。

凭莎士比亚戏剧本身来进行分析、评价，是综览莎士比亚作品所可遵循的基本道路。只有从剧本里才会最可靠的窥见莎士比亚思想与艺术的来龙去脉。

当然，反过来，没有威廉·莎士比亚（1564—1616），也就没有这些不朽的剧本以及也重要的那一集十四行体诗。莎士比亚的生平资料极少，完全可以理解。关于他的文字资料既不少于早他三百年的我国戏曲家关汉卿，又不少于晚他二百年的我国《红楼梦》作者曹雪芹。过去，中外皆然，编戏、演戏固然是“贱业”，写小说也是“不登大雅之堂”的（即使在贵族出身的曹雪芹场合也罢）。西方一代代学者，参证各代舞台上的实践以及伊丽莎白时代的历史背景，经过二三百年的曲折道路，对莎士比亚戏剧文本，进行苦心校勘、汰洗、增补，进行整理，作出了接近定局的贡献。虽然时至今日，也随时还有人妄图否定莎士比亚其人或妄测其作品出于别人之手，耸人听闻，那已经不值一顾。一条粗略的线索，看来合情合理，无法抹杀。莎士比亚从故乡斯特拉特福德镇市民家庭出生，略受过初级教育，到首都伦敦找出路，执卑微贱役，而登台“跑龙套”，而编脚本，而作戏班子股东，而出入宫廷、王府，而积攒一笔钱勉强为家庭摆脱“白衣”门面，而回家乡退隐告老，这一连串轨迹，已经为世所共认，约定俗成。恐怕也只有这样，莎士比亚名下的剧本写来显得对田舍俗物、豪门贵胄，同样熟悉（曹雪芹的熟悉道路显然是倒过来的，而且对封建时代晚期社会下层只是一瞥到本质表现而已）。这点了解，显然反过来也有助于理解莎士比亚戏剧何以具有那么突出的意义与工力，那么突出的深刻性、丰富性、生动性。

文学作品又总是时代的产物。16 世纪 90 年代初，这位诗剧天才已经受“大学才子”辈嫉妒、奚落、谩骂为“暴发户式的乌鸦”，用他们这些人的“羽毛装点自己”。的确，当时这个“打杂工”，无非为糊口，亦即应社会上、下层的需要，干这种编戏的行当。他虽然也知道一些西方古典戏剧教条，对中世纪民间戏剧传统有所继承与翻新，对同时代戏剧风尚有所沿袭，而当然不知道后世所谓现实主义和浪漫主义的说法，当然更无从想到现代西方不断标新立异、叫人眼花缭乱的烦琐文学理论、解剖活人的文学批评，当然也不可能预先明白这一个多世纪以来阐释科学社会主义经典的权威理论家所谓“反映论”“世界观”“创作方法”等等。但是从莎士比亚名下的大多数剧作（因为一部最了不起的文学作品也总有败笔、漏洞、松劲处，所以不可能是全部剧作），从这些剧作本身看来，总不能不承认作者极有头脑，深怀激情，掌握了多种表现手法。他的同时代人，剧坛敌手，同行知己，不仅有实践而且有学识的本·琼孙说他是“时代的灵魂”这一句话（及其下句），就是最早指名道姓的评论精华，超出了后世西方资产阶级全部浩如烟海的莎士比亚评论，颠扑不破，甚至符合后世马克思主义的基本认识论。就算是偶合吧，巧合吧，折射吧，曲射吧，不计针对时事的影射（那在有长远价值的文学作品中是低级的），哈姆雷特所说（这不是莎士比亚借他口所说又是什么？）“演戏的目的，从前也好，现在也好，都是仿佛要给自然照一面镜子；给德行看一看自己的面貌，给荒唐看一看自己的姿态，给时代和社会看一看自己的形象和印记”、里亚所说“这个……大舞台”，也只举例说（还有诸多“梦”呀，“幻”呀），除了说“反映”还能叫什么呢？莎士比亚戏剧里，不大见诸字面，更多寓诸内涵，总处处有当时社会趋势的本质反映。

而那个时代，16世纪与17世纪的交迭年代，伊丽莎白一世朝与詹姆士一世朝的交替年代，社会发展的实质是什么呢？这决不能期望当时人、当局人莎士比亚自己能道，亦非近代号称正宗或现代自命创新的西方一般莎士比亚评论家所能道或者所敢道。但是这些居莎士比亚评论垄断地位而亦非一无灼见、毫不足观的铄金众口，一方面总得称呼这个时期是英国文艺复兴时期，承认欧洲与这个文艺复兴相生相长的人文主义这个过渡性质的数量小、能量大的思潮，一方面又不甘于或不敢于提说这个时期正逢英国封建关系没落，资本主义关系萌发，王权靠人民支持而得以中央集权，结束割据局面，统一国家，由此而促使资本主义原始积累在英国领先进行，形成部分资产阶级贵族化、部分贵族资产阶级化，大势所趋，人民大众与野心勃勃的新剥削阶级进一步又与本质上还总是封建性的王权开始离心离德，人文主义这个两栖类思潮，随同英国文艺复兴由鼎盛而面临不可避免的危机。这后一方面，从马克思主义奠基人和苏联学人的著述中得到启发而作的阐释，在今日中国也已经显得“简单化”了。无奈这符合历史提供的客观事实。三十年前我们点出了莎士比亚时代英国与生俱来的两面：至少在社会表面上，16世纪最后十年，辉煌理想的驰骋，掩盖了阴暗，占主导地位，而到17世纪最初十年，阴暗现实的暴露，掩盖了辉煌，取而代之，占主导地位——所谓理想与现实的矛盾冲突、矛盾转化、矛盾统一的说法，要是提到莎士比亚时代的实质，恐怕到今天也无法回避（译者亦即本引言笔者，三十年前还属国内这种提法的始作俑者的行列，如今自己也一再想摆脱，无奈也由不得自己，摆脱不了，大概头脑已经变成花岗石了吧？）这种历史演变，在莎士比亚剧作里，偏偏有迹可寻，“净化”不了那么些并非无关宏旨的细微末节。从伊丽莎白（一世）到詹姆士一世时代，讲到莎士比亚剧本，睁着眼睛也不能不撞进这种“老一套”说法，不巧也罢，“恰巧”也罢。

再反过来，从莎士比亚剧本，按大致确定的写作先后次序加以统观以后，掩卷一想，对照莎士比亚时代演变和莎士比亚思想、艺术发展的轨道，好家伙！偏偏象剧中人着邪受蛊一样，随处都会撞上一些“巧合”的蛛丝马迹。“解铃还是系铃人”，不行，世风迭变，经过了几十年，你想实事求是，独立思考吧，总是不肯苟同也得苟同，过去曾亲自加以发挥而如今在随声附和当代的时髦西风的冲击当中，你自己厌弃这“老一套”，却不象金蝉能脱壳得了。是历史无情呢，还是真理无情？作品俱在，如何“洗刷”？就是那么“不巧”！

莎士比亚戏剧创作的发展，无可否认，至少可以分前后两大时期，或者加一个尾声时期。前期以喜剧、历史剧为主，后期以悲剧加阴暗喜剧（或悲喜剧）为主，最后是一个传奇剧的短短结尾。而“四大悲剧”，恰好写在这个中心时期，特别是《哈姆雷特》正写在1601年左右的这个转折点上，也最明显表现了这整个转折点的开始，另三部就据以作路标，发展，深化，一起来构成一大丛分水岭亦即一大道鸿沟，达到了莎士比亚悲剧（以至全部剧作）所表现的阴沉思想的最低点同时也是卓越艺术的最高点。继续下旋，在历史条件下，矛盾不能解决，人文主义（在这四部悲剧里，与“神”、“兽”并列和对立的“人”字特别到处蹦出来，好象有意着痕迹的要证明这里确有人文主义思想）内部矛盾表面化，出现了危机。然而矛盾出奇迹，危机出转机，大概只有山穷水尽，才会柳暗花明，经过差不多同时编写的阴暗喜剧的哭笑不得，稍后编写的最后两部罗马题材悲剧的超越社会、凌驾人民、高蹈膨胀以至自命拔山盖世、俨然顶天立地而实际上产生昏沉、颓唐效果的末世哀音，和另一部希腊题材悲剧的落到精神分裂边缘所发出的愤世放言，最后结束于两部乏力的传奇剧以后最高明的《暴风雨》那一部传奇剧，以幻想取代了理想，聊以获取矛盾统一。实际上，在当时历史条件下，也只有这样才能象绝处逢生，得以一瞥远在天边以外的海市蜃楼——也可以说无意中作了一下高瞻远瞩。30 年代“左”得幼稚而总得算进步的英国青年文学理论家（考德威尔）曾认为这部告别传奇剧里显出了当局者迷的资产阶级所不能企及的“封建透视”以至人类以掌握自然规律（剧中是假想以魔术）操纵自然（即从“必然王国”到“自由王国”）那么一点远景。这种说法，看来也不无一点道理。

当然你尽可以提出千百种理由，象作机巧运动，抛弄彩球，言之凿凿，证明莎士比亚编写“四大悲剧”，和这些“套话”全然无关，但是你一旦落眼到历史上的那个局面、创作者际遇的这条脉路，认识上、赏鉴上，想一下子跳进到“自由王国”，不免会抱憾终囿于“必然王国”，无可如何。你只可能从这些悲剧里得到一番“感情净化作用”（Catharsis）或者郁积的缓解作用。你在这方面，也就正好象这些悲剧主人公男女，越是挣扎，越是在劫难逃，越象小昆虫想挣脱蛛网，越象变成了作茧自缚，陷于悲剧的命运——就算命运也可以。

这种实质上是决定论的命运感，在莎士比亚“四大悲剧”里特别明显。这不可能求之于那些蒙昧的低劣“蓝本”和传说性历史记录的胡涂账素材。莎士比亚，以古喻今，借用那些迹近荒墟的基地或者捡拾那里的零星砖瓦，兴建他自己别具匠心的高楼大厦，树立他自己别具深意的丰碑，输入血肉，赋与声色，也就提供了哈姆雷特这个人物本身作为钥匙或探测仪。因为这位不仅是一般能文能武的悲剧主人公，而且既是王子又是从欧洲人文主义中心之一的威登堡大学读书回来的学生;“四大悲剧”里只有这一个悲剧主人公堪称我们今日所谓的知识分子，他也就难逃充作莎士比亚思想、艺术的代言人的嫌疑。这种命运感，我们宁可较恰当的称之为历史命运感，就在以哈姆雷特为主人公的这部悲剧里作了最醒目、最有条理的表达。

画龙点睛，这也就几乎难以置信的正合《哈姆雷特》这部悲剧的核心,《奥瑟罗》和《里亚王》换两副面貌而齐头并举、进一步发挥的这两部悲剧的核心以至《麦克白斯》一发不可收拾的这一部悲剧的核心。哈姆雷特在全剧中最着痕迹的一些台词，贯串起来，也就说明了一切。理想在现实面前的破灭、是非的颠倒，等等，都不成其为外加的附会。关键性的几处道白字句，无法不令你感触与思考而得出个中消息、此中三昧。

首先，“时代（整个儿）脱节了，啊，真糟，天生我偏要我把它重新整好！”然后，“丹麦是一座监狱”，再后，“万物之灵，宇宙之华”化为“乌烟瘴气”那一段散文体独白，再后“活下去还是不活”那一段素诗体独白，再后，“有准备就是一切”——准备什么呢？连一死也有所准备，无所谓了（这句话摘截起来，也可以用作另具积极意义的格言）。最后，“另外就只有沉默”——就是说元凶除了，英雄也不免一死，只有把自己也不明其必然的命定似的意义所在的故事传诸后世，不用解释，作为教训，亦即把希望寄托于来者。尸身成堆，响起了隆隆礼炮。理想、正义、人道，经过灾殃，重又一闪了光辉。而这些关节（语言加动作），前呼后应，不就明明显出了全剧的神髓？

这种西方学者与批评家早就意识到或者明指出的炼狱历程、升华途径，尽管最后一闪光是十分渺茫的，显然也贯串了《奥瑟罗》和《里亚王》甚至更后的《麦克白斯》。

后来这三部悲剧的主人公，形象高大，正反面都一样，都也是欧洲文艺复兴时期巨人型，而都不象哈姆雷特一样的同时是知识分子，本该是说不出这些道理的，只是叨光诗剧这个程式化体例，口头上也有类似的表达，即使有时候作了些夸张的豪言壮语，或者出口成章、隽句连篇，也并不以辞害义。

《奥瑟罗》自有其出人头地的特色。

莎士比亚在这里竟把欧洲文艺复兴时期多才多艺巨人型的一个单方面高度集中赋与了悲剧主人公。他不仅是一介武夫而且是有色人种的“黑鬼”，“蛮子”！他并没有半点高雅的文化教养。他当然不会舞文弄墨，他只以半辈子戎马生涯、出生入死的历险奇遇，作为资本，借助诗剧体例的方便渠道，道出了一些惊心动魄的台词（在他的对立面反派角色亚果说来就是“吹牛”）；他只靠自己勇敢而不长心眼的忠厚品质“闯江湖”一般苦炼就一派凛凛然大将风度，在剧本开头，体现了人格理想——从第一幕，由亚果挑起的骚乱面前，他泰然自若所说的一句话“明晃晃刀剑都收起，着露水会生锈”，即可见一斑。唯有这样，拒绝了多少威尼斯贵公子求婚的大家闺秀玳丝德摩娜才会不顾世俗偏见，不顾种族、门第、年龄等等的差别，偏偏钟情于这位“黑将军”，并以身相许，与他结为伉俪，完成英雄美人的理想开端（接着在经过风浪同到塞浦路斯以后，奥瑟罗也曾称玳丝德摩娜为“女英雄”或“美人英雄”也就来得并非偶然）。

不仅如此，莎士比亚竟还把反派人物，奥瑟罗的旗官亚果，陷害奥瑟罗，破坏他和玳丝德摩娜的结合，写得象并无动机。从个人说，他并不为了争风吃醋（他不可能有什么了不起的情爱，也就不可能有什么了不起的嫉妒）；为了不受提拔为副将（个人委屈），因而怀恨在心，下那么毒手，也显得不成比例；为了贪财，倒较有象征性社会分量，只是还有点象出于轻描淡写。而亚果在阴谋、毒计得逞亦即败露、害人自害、一命也就难逃的时候，闭嘴死不肯坦白什么，也显得十分顽强，也有点出人意料了。

这些不可解处，莎士比亚，虽然不可能作自觉性阐明，却无碍有自发性感受。历史、社会上两种力量激烈抗衡所产生的大起大落，在莎士比亚笔下一显缩影，就不同一般，呈现出理想的高度和现实的深度。不言自喻，无声也就胜有声。莎士比亚在此，也就象在另三部大悲剧里一样，既远超出原始故事的叙述者，又远非后世那么些争议不休的文学批评家（包括首先把通过奥瑟罗自杀前略一恢复理想光芒那段独白称为“聊以自慰”的聪明一世的现代批评家——托·斯·艾略特）所能企及，也就可以理解。

《里亚王》的翻腾，直上直下，更为陡峭、奇拔。年龄上显得是顺序的，丹麦王子的青年——威尼斯摩尔将军的中年——远古不列颠老王的暮年，程式化脸谱（借用中国旧剧舞台术语作比喻说）也应是小生式白净脸（带点苍白的）——净角式大黑脸——多血质（虽然白发苍苍的）大红脸。与之相应，这个老寿星不自控制的感情冲动象雷震，无意中撞到的睿智开窍象电闪，层层加码，步步激化，摔得重，翻得高，使这个悲剧在“四大”当中达到了空前的境界，也就绝后了。带有理想含义和现实含义的事物，里亚王自己不仅谈不出而且是认识不清的，只是也借助诗剧工具，凭动作与道白，切身体现了，亲口吐露了超出他自己所能想象的理想与现实的激荡。剧中的暴风雨是两者互相交替的契机，相得益彰的里亚和格罗斯特两条主次线同一历程的转折点。舞台上能不能演出这场暴风雨，外在的暴风雨，是后世读书的聪明人想出来的糊涂问题。实际问题是演员能否演出里亚王自己也明说的他这场“内心的暴风雨”。

里亚开头，不同于哈姆雷特和奥瑟罗，就是老胡涂，昏君也罢，暴君也罢，在封建社会顶端，却只是一般，既不是英雄也不是恶汉，当然不是正面人物，然而也够不上就叫反面人物。但是经过暴风雨，外在的与内在的，相激相荡的炼狱式历程，刚愎自用、作威作福的昏君以至暴君，身为国王落难与乞丐为伍，自己也变成乞丐的历程，一下子升华而达到理想人格的境界，最后俨然象格罗斯特的儿子艾德加劝喻他同被加害到弄瞎了眼睛的老父所说的"成熟就是一切"(呼应着哈姆雷特的"有准备就是一切")，不得已和自己的既不守旧而亦忠亦孝的女儿考黛丽亚同归一死而再一闪理想的光辉。里亚在落难的最低点，即在暴风雨场面和濒临疯狂的一刻，达到了以穷苦大众为怀的清醒境界的最高点，说出了：

赤裸裸的可怜人，不论你们在哪儿
遭受到这种无情的暴风雨敲打，
凭你们光光的脑袋、空空的肚皮，
凭你们穿洞开窗的褴褛，将怎样，
抵御这样的天气啊？啊，我过去
对这点太不关心了！治一治，豪华！
袒胸去体验穷苦人怎样感受吧，

好叫你给他们抖下多余的东西，
表明天道还有点公平。

这是从现实的感观得来的，后来的疯话更足以证明：

什么！疯了吗？一个人没有了眼睛就看得见这个世界的面目。用耳朵看吧：看那个法官怎样痛骂那个微贱的小偷。听，侧过耳朵来：换一换位置，现在猜猜看，哪一个是法官，哪一个是小偷？你看见过一户农家的狗咬一个叫化子吗？……还看见过那个家伙逃避那条狗吗？从那里你可以看到威权的伟大形象——狗当了道，人也就得听话。

你这个流氓公差，停住你毒手！
为什么鞭那个妓女？你自己敞开背！
你一心只想拿她来干那个勾当，
却为此而打她。放高利的绞杀骗小钱的。
衣衫褴褛，破绽里小恶大露，
锦袍掩蔽了一切。罪孽镀了金铠甲，
法律的长枪刺上去自己会折断，

裹了破布条，侏儒的草管也穿得透。……

似乎还恐怕强调得不够，稍前还配有格罗斯特同样的感受与幻想：

我是在看得见的时候摔了跤。
富足常促使人不经心，困苦反而会
于人有利。……

来，把钱包拿去，你这个可怜虫
受尽了灾殃的折磨。我如今落了难，
正是你走了运。愿天道永远如此。
让穷奢极欲的富裕人感觉到
天网恢恢，别让他玩忽神规，
麻木不仁，竟至于视而不见；
从此分配上清除了过分的享用，
人人有足够的一份。……

里亚在暴风雨场面所面对的人物事物形象，除非你睁着眼睛视若无睹，莎士比亚时代英国有圈地运动以及为之袒护的鞭打“游民”之类的法令，你无从否定。此中总是反映了资本主义原始积累的这个组成部分，给予无辜老百姓的残酷灾难，借权威颠倒一切是非的这一个历史性现实。

同时，在偏偏是摩尔“黑鬼”有缘扮演欧洲文艺复兴时期巨人型的一个方面的正派主角以后，《里亚王》继续把丹麦王子悲剧里表现“疯有疯福”的倾向，以“疯中有理”“瞎了才看见”“坏事变好事”之类的动作与言词，进一步发挥到淋漓尽致，在全剧中简直是铺天盖地而来，形成了这部悲剧的又一大特色。而这种“歪理”实质上不是辩证法又是什么呢？

《麦克白斯》以恶汉为主角，似乎不符合传统正规悲剧的标准。但是麦克白斯开头是卫国大将，以英勇立了大功，诱发了个人野心。一念之差，如水之就下，大开杀戒，愈演愈烈，终以自己授首结局。这种不象悲剧应有的处理，坏人得坏报，却也象展示了辩证法的又一种表现态势。这里是以高速度为特色。不象弑兄、夺嫂、篡位的哈姆雷特的对立面克罗迪斯，经过多少曲折，最终才由利剑、毒剑、毒酒三重圈套都落到自己头上，麦克白斯自以为给自己伤天害理篡夺到的王位求得重重保险，一股脑儿向“血海”直冲，直撞上礁石，粉身碎骨。女巫所说的“丑即是美，美即是丑”，开头是谜一样不可解，不可参透，马上就证明似非而是，颠倒了再颠倒过来，以诡辩形态展出了，倒是迅即得到辩证的兑现：萨奈姆树林向顿西嫩果真走来了，前来挑战报仇的麦克达夫果真不是“女人生下来的”汉子！

然而，正是到临了，又显得不可解。麦克白斯既然后来绝望到听说麦克白斯夫人死了也满不在乎，看穿了：

人生只是个走影，可怜的演员，
在台上摇摆了，暴跳了一阵子以后
就没有下落了。这是篇荒唐的故事，
是白痴讲的，充满了喧嚣和狂乱，
没有一点儿意义。

也看穿了女巫们捉弄他的预言都已经应验，正象命定，最后到走投无路了，他还是不肯认输，不“学罗马那些傻好汉 / 拔剑自刎”，还是要“一死也至少披个铠甲”，即所谓“将军死在马上”。怎么他却又表现了当初作为大将卫国杀敌的英勇，又收敛了恶魔式的篡位暴君的残酷狰狞相，发出了壮烈气概呢？正是在这一点上，《麦克白斯》悲剧又不同于前三部悲剧，在这里，理想、道义不是从正面主人公身上恢复了最耀目的一闪光辉，而恰好是从末路的恶汉身上。麦克白斯是如此，狠毒胜过丈夫的麦克白斯夫人也只有到精神崩溃的梦游病境地才一显人性的火花。这，一方面正是显出了悲剧作者的悲观到此已经深沉到不能自拔，同时，另一方面，悲剧作者，即使又在无意中从悲剧绝境里也隐约瞥见了理想、道义的最终胜利，希望、信心的最后恢复。

话又说回来，“四大悲剧”里以一死收场显出光辉的主人公（包括例外的以恶汉身份结局的麦克白斯），总还是以高大形象使活下来收拾残局者相形见绌，难乎为继。福丁布拉斯竟也如此，凯西奥更谈不上，艾德加和阿尔巴尼也好，玛尔柯姆也好，最终也还都是配角而已。贯串“四大悲剧”，总象有一种宿命论，那又怎么说？实际上是一种决定论主宰了悲剧作者。“回天乏术”，社会发展的历史条件注定了谁也难以超越。一开头，“天生我偏要我把它重新整好”，哈姆雷特的使命感，接力式通过四部悲剧，到头来，还是个“真糟！”。里亚王，照蓝本或材料来源，原是复位的，莎士比亚想得远为高明，偏叫他的女儿考黛丽亚从法兰西带兵回来为他兴师问罪，功败垂成，与老父一同被俘，先叫他一变而还以言归于好，重得团圆为慰，乐天安命，以冷眼阅世为得计，却在坏人一个个自取灭亡以后，偏又出于不可弥补的一点时会的差错，在冲天愤怒中手刃也是为生活所迫而昧良心受命绞死考黛丽亚的凶手，结果也同归一死。这一点也可以佐证剧作者的别具只眼。这些戏终都是时代的悲剧。

莎士比亚沿用诗剧体（当时戏剧都是诗剧体），为表达他匠心独具的悲剧寓意，在语言上也得到了极大的方便，自不在话下。难得的是：剧中不仅在主角、副主角的口里，而且在许多配角以至“龙套”的口里，也经常说得出各显个性的语言，闻其声即似见其人。剧中人人脱口成诗，又人人并不千篇一律，分得出彼此，崇高的、庄严的、诙谐的、下流的，不一而足，不但因人而异，而且随场合不同、心情不同，而时有同工的异曲。莎士比亚就能这样用戏剧俗套而不为所囿，随心所欲，驾驭条条框框，都得心应手。

莎士比亚在“四大悲剧”中也可以破例搬出丑角，象中外高明的古典戏剧家一样，还使用得恰到好处，有时偏叫小丑（莎士比亚时代专业弄人就叫“傻子”）表现为明辨是非、最通情达理甚至最高尚的人物，而另一方面又会叫冠冕人物扮演了小丑的角色。是非颠倒这种剥削社会的不公平本质，在莎士比亚笔下，总会通过这种再颠倒过来的戏剧处理，一快人心。

大悲剧却又沿用了一些似乎浅薄的噱头。“四大”当中，《哈姆雷特》和《麦克白斯》里有鬼。前者开头不只是悲剧主人公单独见到阴魂，后者始终只悲剧主人公一个人见到，但是鬼外又加了妖——女巫。后世评论家为莎士比亚屈从迷信开脱（其实信神也不是迷信吗？）就说当时一般人都信鬼，大可不必；现代评论家借用精神分析学来大做文章，又是穿凿附会（例如说哈姆雷特母子情分是欧迪浦斯情结）。其实，在莎士比亚笔下，里亚王自己都认识暴风雨既是外在的也是内在的，哈姆雷特和麦克白斯见鬼，也是内外统一、浑成一体的。这些戏剧噱头的运用，在莎士比亚手里，也不同一般。为了烘托自己的高深命意，他使边鼓也融入了悲剧的主旋律。

过去多少莎士比亚评论家，为了哈姆雷特是真疯是假疯，费过不少口舌，现在已经少见谁再如此作庸人自扰。胸中有不能一吐的块磊，趁三分酒意发十分酒疯，自属人间常事。何况忧郁王子，在深重的精神打击之下，在顾虑重重、不好轻易下手、以一报私仇为快的压力之下，趁势装疯明明是一种可以理解的策略，而剧烈刺激又不是明明害得莪菲丽亚真疯了吗？接下来的另三大悲剧里，疯痕处处，也正可以发人深省。连奥瑟罗也一度口吐白沫，又居然在威尼斯派来的贵戚特使的面前手掴无辜的玳丝德摩娜，最后手掐她至死，在读者或观众看来，本身也就是疯狂行径。连从没有疯过的麦克白斯一连串杀人如麻，也只好叫疯狂行径，而他的夫人后来也就真疯了。更不用说里亚王，他在全剧里历经了多长的真疯阶段，达到过疯狂的顶点，而艾德加也就用装疯作为手段。疯狂或者类疯狂贯串了“四大悲剧”；越出了“四大”范围，莎士比亚写到《雅典人泰门》，正如有些批评家指出的那样，剧作者好象自己都濒临精神崩溃的边缘，借泰门口说出了一些精辟的道理，却到了写不成一部完整悲剧的地步。莎士比亚“四大悲剧”的思想、艺术的震撼力量，异乎寻常，即在于此。

以“四大悲剧”为中心的莎士比亚戏剧，三四百年来，从纵向说也好，从横向说也好，流传与扩散，既没有中断，也没有止境。它们引起的诠释与评论，层出不穷，各有能自圆其说、不乏一得之见的不同领悟、不同阐发，足见戏剧本身内涵的深广。至于所引起的奇谈怪论，愈到晚近，愈见频繁，究其原因，明显的出于三点：首先，无视已经过考订、基本定型的戏剧文本；其次，忽视当时的历史背景；第三，不理当时适应舞台要求的诗剧体例。在这三点当中，第一点是主要的，因为不论今日各国与当时英国有多大的不同，我们单从戏剧文本也就在此时此地可以窥知彼时彼地的社会本质和剧艺程式。“四大悲剧”，正因为深入一时一地的实质反映又不囿于一时一地的表面录象、刻板图解，才在各时各地都具有广泛的适应性和长远的生命力，正是以特殊见一般。世界历史就是在矛盾中发展，曲折中前进的，螺旋式的轨迹都有一段弧线彼此相应，彼此相似，所以有卓越成就的艺术品，对世界人民，总具有久长的欣赏价值、启迪作用、借鉴功效。明乎此理，我们才更了解本·琼孙把莎士比亚称为“时代的灵魂”以后又说“他不是囿于一代而照临百世”。

引言总是外加的，门外的，不得已而提供了一些线索，总不免给了叩门者以条条框框，开卷者尽可以先把这一套撇在一边，径自进门去面对作品（在这里的场合是面对尽可能相应保持原来面貌的译文），到掩阅的时候，才读读这些肆言，以自己读作品本身以后的感受、理解或疑问加以核对、检验或质询。《哈姆雷特》本身就大可作为阅读、观赏莎士比亚“四大悲剧”的引子，而“四大悲剧”本身，合在一起，既是莎士比亚全部戏剧的堂奥，也未始不可作为研究莎士比亚全部戏剧的登门初阶。

卞之琳

1975年9月24日

丹麦王子

哈姆雷特

悲剧

剧中人物

克罗迪斯，丹麦国王。

哈姆雷特，前王之子，今王之侄。

波乐纽斯，御前大臣。

霍拉旭，哈姆雷特之友。

莱阿替斯，波乐纽斯之子。

<table>
<tr><td>伏尔第曼德
考奈留斯
罗森克兰兹
纪尔顿斯丹
奥思立克</td><td>廷臣。</td></tr>
</table>

一侍臣。

一教士。

<table>
<tr><td>玛塞勒斯
贝纳陀</td><td>军官。</td></tr>
</table>

弗兰西斯科，兵士。

雷纳尔陀，波乐纽斯之仆。

伶人数名。

掘墓人二名。

福丁布拉斯，挪威王子。

一挪威队长。

英国使节。

葛忒露德，丹麦王后，哈姆雷特之母。

莪菲丽亚，波乐纽斯之女。

贵人，贵妇，军官，兵士，水手，使者及侍从。

哈姆雷特亡父之鬼魂。

地　点

艾尔西诺。

第一幕

第一场　艾尔西诺。城堡前平台。

弗兰西斯科守望中徘徊。贝纳陀迎面上。

贝　谁？

弗　嚇，你倒来问我；站住，口令！

贝　“国王万岁！”

弗　是贝纳陀？

贝　正是。

弗　你来得不早不晚，正合时候。

贝　十二点打过了；去睡吧，弗兰西斯科。

弗　谢谢你来接替我；天冷得厉害，
　　我心里也怪不舒服。

贝　没有动静吗？

弗　　　　　　耗子也没有动一动。

贝　好，再见。
要是你碰见了霍拉旭和玛塞勒斯，
该同我守夜的那两位，请他们快来。

弗　好象是他们的声音了。站住！谁？

霍拉旭与玛塞勒斯上。

霍　自己人。

玛　　　　　　　都是丹麦国王的臣民。

弗　祝你们夜安。

玛　　　　　　　　　　再见，正直的军人：
谁把你替了下来了？

弗　　　　　　　　　　　　　　贝纳陀接了班。
祝你们夜安。　〔下。

玛　　　　　　　　　喂，贝纳陀！

贝　　　　　　　　　　　　　　　　嗨——
怎么，可是霍拉旭？

霍　　　　　　　　　　　　　　有点象他！

19　这一行译作“怎么，霍拉旭来了？”“来了一个”，谐趣较显，但不如“有点象他”能与下文呼应，效果更大。霍拉旭不信鬼，神经不紧张，还能说笑话。

贝　欢迎，霍拉旭；欢迎，好玛塞勒斯。
玛　怎样，那东西今晚上可又出现了？
贝　我没有看见什么。
玛　霍拉旭说这都是我们的幻想；
他听说我们已经看见过两次
那个可怕的怪东西，总是不相信；
因此我就请他今晚上亲自来
陪我们守夜，要是鬼怪再来呢，
他可以证明我们并没有看错，
也可以正好就跟它交谈几句。
霍　得了，不会出现的。
贝　　　　　　　　　　你先坐下；
我们的故事你听来只当是耳边风；
我们再讲讲两夜里看见的光景，
偏叫你听进去。
霍　　　　　　好，我们都坐下吧，
听听贝纳陀又是怎样的说法。
贝　就在昨儿夜里，
当时，就在北极星西边的那颗星

刚好转过去照耀西天的一角，
恰好就是它现在照亮的那边，
玛塞勒斯和我刚听见打了一点钟——

鬼魂上。

玛　别作声！不要再讲了！看它又来了！
贝　一模一样，正象我们的先王。
玛　你是个读书人；对它说话吧，霍拉旭。
贝　不象我们的先王吗？你看，霍拉旭。
霍　象极了。真奇怪，真叫我毛骨悚然。
贝　他要我们先开口。
玛　　　　　　　　问问它，霍拉旭。
霍　你是何物，胆敢来窃据深宵，
不顾先王陛下入土为安，
僭取他英武的威仪，招摇无忌？

42　传说“读书人”会用合适辞令对幽灵说话，不论是鬼是妖，不致触犯或受蛊惑。

45　传说鬼非等人先对它说话，不能说话。

我用上天的名义，命令你说话！

玛　触犯了它了。

贝　看，大踏步走了！

霍　别走！说呀，说呀！我命令你说话！

〔鬼魂下。

玛　它走了，它不肯答话。

贝　怎么样，霍拉旭？你直抖，脸都发白了。
这难道还只是什么幻想不幻想吗？
你说怎么样？

霍　老天爷在上，要不是我身历其境，
亲眼看见，证明是千真万确，
我怎么也不会相信。

玛　可不象先王吗？

霍　就如同你象你自己一样。
先王当年就穿了这一副盔甲
同野心勃勃的挪威王进行了决斗；
就带了这一副怒容，中止了谈判，
在冰天雪地中，痛击了波兰的雪车队。
真是奇怪。

玛　前两次也就在这个静寂的时辰，
他这样大踏步走过了我们的面前。
霍　我不知究竟要作怎样的想法；
可是我心里有一种笼统的感觉：
这恐怕是预兆国家有非常的变故。
玛　请坐下，谁要是知道就给我讲讲
为什么我们要这样子戒备森严，
这样子夜夜叫军民不得安息，
为什么这样子天天铸造铜炮，
这样子天天向国外购买军火，
这样子征用造船匠，叫天天辛苦，
就连星期日也不能算作例外。
都是准备的什么，才这样忙碌，
叫黑夜也同白天搭伴了做苦工？
谁能告诉我是怎么一回事吗？
霍　　　　　　　　　　　我可以；
至少传说是如此。先王陛下，
刚才还仿佛露过了一下子脸呢，
当年碰上了挪威王福丁布拉斯

骄矜好胜，一定要前来挑战，
你们都知道的；我们英武的哈姆雷特
是举世闻名的，就在一场决斗中
杀死了福丁布拉斯；事先有协定，
双方批准，还郑重宣布过公约，
败者结果是不但断送了性命
而且把所有的土地送给了胜者。
先王当然也提出过相当的土地
押了注：要是福丁布拉斯得胜呢，
这部分土地也就归他所有，
正如协定中同一款明文规定的，
他要是失败，就得把所有的土地
转送给哈姆雷特。如今小福丁布拉斯
血气方刚，还不知天高地厚，
已经在挪威边境，东一处西一处，
招聚了一批没有土地的亡命徒，
管他们吃喝，要他们大举出动

98 “没有土地”根据“第一对折本”；现代版本，一般都根据“第二四开本”，用“无法无天”。

尝一尝冒险的滋味；用意所在，
我们的当局看得清清楚楚，
无非是要用武力和强迫手段，
从我们手里，恢复他父亲失去的
那些土地；据我看来，这就是
我们这样子准备的主要动机，
我们这样子日夜戒备的原因，
全国这样子手忙脚乱的缘故。

贝　我想该就是为了这个缘故；
这些战争前后都牵涉到先王，
怪不得那个鬼影，活象是他，
全副武装，走过了我们的岗位。

霍　这是搅得乱心眼的一点灰尘。
从前，就在全盛时代的罗马，
在雄才盖世的恺撒遇害前不久，
坟墓都开了，陈死人裹着入殓衣，
都出来到罗马街头啾啾的乱叫；
天上星拖着火尾巴，露水带血，
太阳发黑；向来是控制大海、

支配潮汐的月亮，病容满面，
昏沉得好象已经到世界末日。
劫数临头、大难将至以前，
总会先出现种种不祥的征象，
如今天上和地上一齐出动，
一再把这一类重大变故的预兆
对我们国家和人民显示出来了。

鬼魂重上。

噢，别作声！看！看它又来了！
我着邪也要拦住它！别走，影子！
只要是你也会开口，也会用舌头的，
对我说话吧！
莫非你有什么好事要人家来做，
好使你安心，也使我行了功德，
对我说说！
莫非你预先知道祖国的命运，
讲出来也许使我们能避免灾殃，

说呀！
莫非你生前在地下哪一个角落里
埋下了你一生搜刮得来的财宝，
因此，据说，人死后还要出鬼的，

〔鸡啼。

说出来！别走，说！拦住它，玛塞勒斯！
玛　我可以不可以就拿长钺来砍它？
霍　砍，如果它不站住！
贝　在这儿！
霍　在这儿！
玛　走了！

〔鬼魂下。

它一举一动都这样威严，堂皇，
我们不该对它这样子粗暴；
它就象空气，刀枪都伤它不得，
瞎砍是行不了凶，倒出了丑。
贝　它就要说话了，公鸡偏就叫了。
霍　它一听就一惊，就象一个犯罪人
听到了一声可怕的召唤。我听说

公鸡是给人间报晓司晨的喇叭手，
它会用了高亢激越的嗓子
唤醒白昼神；它的警告一发，
不论在海上，在火里，在地下，在空中，
一切逍遥游荡的妖魔鬼怪
就奔回各自的巢穴：刚才的情形
证明了他们所说的确有道理。
玛　刚才它真是一听到鸡叫就隐去了。
有人说，每逢我们要庆祝圣诞，
在节日前几天，这种报晓的家禽
就开始彻夜不停的啼了又啼；
那时候，他们说，精灵都不敢出来，
夜夜安全，星宿不作怪、害人，
妖女不迷人，妖巫也使不了符咒，
那真是圣洁、祥和的好时候，好节气。
霍　我也听说过，也不免有几分相信。
可是看，曙光披着褐红色大衣
从那边高高的东山头踏露水来了。
我们可以下班了；照我的意思，

我们不妨把今晚上看见的情况
报告少哈姆雷特；这一个幽灵，
对我们哑口，我深信会对他说话的。
论情谊，论责任，你们赞成不赞成
我们把这件事情报告他一番？

玛　好，就这么办吧；我知道今早上
我们在什么地方最容易找到他。

〔同下。

第二场　城堡中大厅。

国王、王后、哈姆雷特、波乐纽斯、莱阿替斯、伏尔第曼德、
考奈留斯、众廷臣及侍从上。

王　至亲的先兄哈姆雷特驾崩未久，
记忆犹新，大家固然是应当
哀戚于心，应该让全国上下
愁眉不展，共结成一片哀容，
然而理智和感情交战的结果，

我们就一边用适当的哀思悼念他，
一边也不忘记我们自己的本分。
因此，仿佛抱苦中作乐的心情，
仿佛一只眼含笑，一只眼流泪，
仿佛使殡丧同喜庆歌哭相和，
使悲喜成半斤八两，彼此相应，
我已同昔日的长嫂，当今的新后，
承袭我邦家大业的先王德配，
结为夫妇；事先也多方听取了
各位的高见，多承一致拥护，
一切顺利；为此，特申谢意。
如今，各位知道的，小福丁布拉斯，
少年气盛，小看了我们的力量，
或者妄以为先兄一朝弃世，
我们的国家忽然脱了节，脱了榫，
单凭了自以为有机可乘的梦想，
他就一再送文书前来烦渎，
要求我们归还他父亲的失地，
全不管那些土地是依法割让

给我们英勇的王兄的。别再讲他了。
现在转回来讲我们这次的会议。
事情是这样：我有国书一封
写好在此，预备送挪威国王，
小福丁布拉斯的叔父，他老病经年，
卧床不起，并不知悉他侄儿
在国内招兵买马，用意何在，
因此就请他从速制止他侄儿
进一步有所行动。我特此遣派
你，考奈留斯，还有你，伏尔第曼德，
当这次通问挪威王国的信使，
但是你们和国王进行交涉、
不得越权，不得擅自超出了
这些训令所明白规定的范围。
再见吧！愿速去速回，以表忠诚。

考、伏

赴汤蹈火，一切定当效命。

王　我深信二位的热忱。愿二位珍重！

〔考奈留斯与伏尔第曼德下。

现在，莱阿替斯，你有什么事情呢？
你说过有所请求。就说吧，莱阿替斯。
丹麦王只要听你说得有理，
总会答应的。你对我有什么要求
还怕不会是未开口先到手，莱阿替斯？
丹麦王座对于你的父亲
就象头对于心一样的休戚相关，
就象手对于嘴一样的乐于效劳。
你想要怎样，莱阿替斯？

莱　　国王陛下，
敢求陛下鸿恩，准回法国；
这次回丹麦参加陛下的加冕礼
克尽为臣的责任，不胜荣幸；
目下，为臣的敢说，任务已了，
心思和意愿重新又折向法国，
仅此伏求陛下开恩俯允。

王　你父亲答应吗？你说怎样，波乐纽斯？

波　陛下，他苦苦哀求，舌敝唇焦，
好容易挖出了我嘴里“可以”两个字，

我在他决心上盖下了生硬的“同意”。
他要走，就请陛下放他走吧。
王　善用好时光，莱阿替斯。时间都归你，
愿发挥你的美德去充分消受！
得，哈姆雷特，我的侄儿，我的儿——
哈　〔旁白〕
亲上加亲，越亲越不相亲！
王　你怎么还是让愁云惨雾罩着你？
哈　陛下，太阳大，受不了这个热劲“儿”。
后　好哈姆雷特，摆脱你黑夜的阴沉气，
和颜悦色，来面对丹麦王上吧。
你不要老是这样子垂下了眼睑，
想在黄土中寻找你高贵的父亲。
你知道这是很普通的；有生必有死，
谁都得通过人世、跨进永恒的。

67　原文行尾“太阳”（“日”）与前三行“我的儿”的“儿”字谐音。译文“热劲儿”的“儿”字故意重读，而且“热”意也与前两行的“亲”意相呼应。哈姆雷特一个人穿了黑衣服，与全廷人物富丽堂皇的衣饰，成强烈对照，因此“太阳”也指满廷的光辉。一说原文“晒太阳”还有被逐出户、享受不到合法权利的寓意。

哈　唔，母亲，很普通。

后　　　　　　　　　　　既然是很普通，

　　为什么你又这样子好象很在乎？

哈　好象？不。我不懂什么叫“好象”。

　　好母亲，尽管我披一件墨黑的外套，

　　按礼从俗，满身都穿起丧服，

　　好容易从肺腑吐出来长吁短叹，

　　眼泪象江流滚滚、一泻千里，

　　再加上垂头丧气，形容憔悴，

　　再加上千种表情，万种姿态，

　　都不能真正表现我。这真是“好象”，

　　象如此，象这般，是人人会耍的把戏；

　　我的心事是无法表现出来的——

　　这一套都只是哀痛的衣服和装饰。

王　哈姆雷特，你这样当孝子，居丧尽哀，

　　足见你天性纯笃，大可称道，

　　但是须知你父亲失去过父亲，

　　那个父亲也曾失去过父亲，

　　后死者要克尽孝道，自然要哀悼

一个时期。但是漫无止境，
哀毁逾恒，却正是不够孝顺的
一种行径，不够堂堂男子气；
这反而表现出意志是逆天背理，
心是经不起磨练，性情是暴躁，
头脑是十分简单，毫无修养。
既然我们知道是无可避免的，
而且同家常便饭一样的普通，
为什么我们要赌气，老记在心上呢？
咦！这种行径是违反了上天，
违反了死者，违反了人情世故，
最蛮不讲理，全不管丁忧丧父
在理性是看作常事的，全不管理性
就从第一遭变故直喊到如今：
“这是不可避免的！”我请你抛弃
这种无益的悲伤，把我当作
你的父亲；我要全世界知道
你是我的王位的最直接继承人；
最好的慈父怎样用最大的慈爱

对待儿子，我就怎样对待你，
决不比他差一分。至于你想要
回到威登堡大学去继续读书，
这种想法是最不合我的意思的；
我请你，一定要勉强你，留在这里，
使满朝欣慰，当我的第一名重臣，
不愧为王上的爱侄，王上的宠儿。

后　别让你母亲白费唇舌吧，哈姆雷特：
我请你别离开我们，别再去威登堡了。

哈　我尽量听从你的意思吧，母亲。

王　这样回答才真是有头脑，能体贴！
你留在丹麦就和我不分彼此吧。
夫人，来吧。我听了哈姆雷特这样子
惠然允诺，高兴得心都笑了；
为了表示庆祝，今天丹麦王
每干一次杯都要放一次大炮，
高响入云，叫天上把欢乐传开去，
一声声回应着地上的雷鸣。来吧。

〔众下，仅留哈姆雷特。

哈　啊，但愿这太太结实的肉体
融了，解了，化成了一片露水；
但愿天经地义并没有一条
严禁自杀的戒律！上帝啊！上帝啊！
我觉得人世间醉生梦死的一套
是多么无聊，乏味，无一是处！
呔！呔！这是个荒废的花园，
一天天零落；生性芜秽的蔓草
全把它占据了。居然有这等事情！
才死了两个月！不，还不到两个月。
这样好一位国王，比起这一位
简直是海庇亮比萨徒；对我的母亲
又这样恩爱，简直不容许天风
吹痛了她的脸庞。上天下地！
定要我记住吗？当日啊，她依他傍他，
仿佛是越尝滋味越开了胃口；

140　海庇亮（Hyperion），希腊神话中的太阳神，号称最美的男性神祇；萨徒（Satyr），山精，形状是半人半马（在罗马神话中改为半人半山羊），以淫佚著名，因此后世也常以此名称色鬼。

然而，还不出一个月——我简直不敢想！
脆弱啊，你的名字就叫女人！——
短短一个月，她象泪人儿一样
给我父亲送葬去穿的鞋子
还一点都没有穿旧呢，哎呀，你看她，
（无知的畜生也还会哀痛得久一点呢！）
她居然就同我的叔父结婚了；
我这个叔父可绝不象他的哥哥，
正如我不象赫勾列啊！还不出一个月，
不等她假仁假义的眼泪干了，
不等她热辣的眼睛消去了红肿，
她就结婚了。赶急得真是作孽啊，
这样轻捷的钻进了乱伦的衾被！
这不是好事，也不会有什么好结果。
碎了吧，我的心，因为我不能用我的嘴！

153　这里不是表明哈姆雷特是文弱的；他也武艺高强，只是他并非赫勾列（Hercules，希腊传说中的大力士英雄）型的大汉。

霍拉旭、玛塞勒斯及贝纳陀上。

霍　请殿下福安！

哈　　　　　　　　很高兴看见你很好；

可不是霍拉旭！——我差点把自己都忘了。

霍　是，正是殿下永远的忠仆。

哈　“好友”——我们换上这一个称呼吧。

你可为什么离开了威登堡，霍拉旭？——

玛塞勒斯？

玛　殿下！

哈　我很高兴看见你。

〔对贝纳陀〕　　你早啊，你好。——

可是你究竟为什么离开了威登堡呢？

霍　无非是因为偷懒，爱逃学，殿下。

哈　我听都不愿听你的仇敌这样说，

你自己更不要这样来刺我的耳朵、

居然要叫它听信你对于你自己的

造谣诽谤。你不是一个偷懒人。

你到艾尔西诺来究竟有什么事？

我们要在这儿教会你喝酒的本领！
霍　殿下，我是来参加你父亲的丧礼的。
哈　看同学面上，我请你不要挖苦我，
我想你是来参加我母亲的婚礼的。
霍　的确，婚礼也就紧接着来了。
哈　省得很，省得很，霍拉旭！丧礼上吃不完，
凉了的烤肉饼就搬上结婚的喜筵。
我宁愿在天上遇见我最恨的仇人，
也不愿看见那样的一天，霍拉旭！
我的父亲，我仿佛看见父亲。
霍　在哪儿，殿下？
哈　　　　　　　　在我的心眼里，霍拉旭。
霍　我从前见过他。他是个极好的国王。
哈　他是个“人”！真叫是尽善尽美，
我再也不会见到他那样的一个。
霍　殿下，我昨夜好象又看见了他。
哈　看见？谁？
霍　看见殿下的父王。
哈　　　　　　　　我的父王？

霍　请殿下不要惊慌，且仔细听一听，
我就请这二位在场的为我作证，
对殿下从头至尾仔细讲一讲
这一件怪事。
哈　　　　　　　千万就讲给我听吧！
霍　最初是：一连两夜，这两位朋友，
玛塞勒斯和贝纳陀，出去守夜，
就在深沉的半夜里碰见了两次。
有一个象殿下父亲一样的人影，
自顶至踵十足是全副武装，
出现在他们的面前，庄严，威武，
慢吞吞大踏步走过去。他连走三遍，
贴近他们张口咋舌的面前，
近到他伸出统帅棍就可以碰着；
害他们骇怕得化成了软瘫的一堆，
目瞪口呆，一句话都不敢对它说。
他们却极端机密的对我讲了，
第三夜我就跟他们一同守夜，
完全象他们所讲的，时间也对，

样子也对，每句话都证明确实，
鬼影又来了。我认识殿下的父亲。
手跟手都不能更象了。

哈　　　　　　　　　　都是在哪儿？

玛　殿下，就是在我们守夜的平台上。

哈　你没有对它说话吗？

霍　　　　　　　　　　殿下，我说了；
可是它并不回答。我似乎看见
它终于抬起头来，一举一动
显得它分明是就要开口说话了；
可是报晓的公鸡就大声啼了，
一听见这个声音，它就一缩，
马上就隐去不见了。

哈　　　　　　　　　　这真是奇怪。

霍　敢对殿下说，这是千真万确的；
我们一致认为，责任所在，
该让殿下知道这件事。

哈　不错，不错。这可搅得我心乱了。
你们今晚上还守夜吗？

玛、贝　　　　　　　　　　守，殿下。

哈　你们说十足是全副武装吗？

玛、贝

十足是全副武装，殿下。

哈　从头到脚？

玛、贝　　　　　从脚到头，殿下。

哈　那么你们看不见它的脸？

霍　看见的，殿下，它把盔面翻起了。

哈　怎么样，它可是皱着眉头？

霍　样子与其说发怒不如说发愁。

哈　脸色是苍白还是通红？

霍　噢！很苍白。

哈　　　　　　　　眼睁睁看着你们？

霍　一眼都不转。

哈　　　　　　　　可惜我没有在场。

霍　殿下在场一定会大吃一惊。

哈　一定的，一定的。它可是待了很久？

霍　不太久，慢点数数日数得上 百。

玛、贝

还要久一些，还要久一些。

霍　我只看见这么久。

哈　胡子是灰白的？

霍　正象我在它生前见过的样子，

乌黑里带几分银丝。

哈　我今晚去守夜；

也许它还会出现的。

霍　我保证会。

哈　如果它出现，再借我父王的形貌，

哪怕是地狱张开嘴叫我别作声，

我还是要对它说话。我请求你们，

要是至今还没有把这件事外传，

就让它仍然封锁在你们的沉默里；

无论今晚上再发生别的什么事，

请也就让心中有数，嘴上不说。

我会报答你们的情谊。再见吧。

就在平台上，十一点十二点之间，

我来找你们。

众　自当对殿下尽忠。

哈　“尽爱”，我对你们也如此。再见。

〔众下，仅留哈姆雷特。

我父亲灵魂出现，全副武装！
一切不妙；我怕这里面有鬼。
但愿黑夜早来！且静候分晓；
坏事要遮盖，全球土也总是盖不了。　〔下。

第三场　波乐纽斯家中一室。

莱阿替斯与莪菲丽亚上。

莱　我的行李已经上船了；再见：
妹妹，只要风顺，有船只来往，
你不要贪睡，要让我随时能得到
你的信息。

莪　　　　　这一点你还不放心吗？

莱　哈姆雷特对你要好，乱献殷勤，

要认清那只是赶时髦，做感情游戏，
只是青春里出现的一朵紫罗兰，
开得早，谢得快，甜甜的，可不能持久；
只供一刹那赏乐的一阵花香；
如此而已。

莪　　　　　　不过如此？

莱　　　　　　　　　　　可不是？

一个人成长，并非是只长筋肉，
只长躯体；这一副架子扩大了，
内心活动要求的香花供奉
也就增加了。也许他现在是爱你的，
现在还没有龌龊的心机糟蹋他
纯洁的愿望；可是你必须留心：
地位太高，一想到就不能由自己
作得了主意；他得受身份的拘束。
他倒不可能，就象普通人一样的，
自己挑选，因为他选对了没有
都会影响到国家的安危隆替；
他是国家的首脑，他的选择

就必须先得到国家的同意和批准。
所以，如果你听到他对你说他爱你，
你不该轻易听信，你得认清楚：
照他的身份行事，他究竟有几分
说得到做得到；他怎样也不能跳出
决定一切的丹麦王许可的限度。
如果你耳根太软，听他的花腔
迷了心，对他冒失的苦苦哀求
打开了贞洁的宝藏，你可以想一想
你的名誉会受到多大的损失。
当心啊，莪菲丽亚，当心啊，亲爱的妹妹，
你要尽可能留在你感情的后方，
避开欲望能袭击的危险范围。
一位小心的姑娘，如果对月亮
敞开了自己的美丽，就算够放浪了；
守身如玉还难免受诽谤打击；
春天的嫩苗还没有开花放苞，
毛虫就往往钻进去把它咬伤；
青春年少、朝露晶滢的时候，

发瘟的风霜随时会摧残到头上。
所以要小心啊；随时警惕最安全：
不煽动，青春也就会对自己造反。

莪　我一定记住这一篇很好的教训，
叫它守卫我的心。可是好哥哥，
你千万不要学坏牧师，给我指点
上天堂要走的长满荆棘的陡坡路，
自己可象个招摇过市的浪荡儿
只顾走莲馨花道路，流连忘返，
全忘了自己的劝告。

莱　　　　　　　　　　别替我担心！

波乐纽斯上。

我耽搁太久了。父亲可又来了。
两次的祝福正好是双重的吉利；
双喜临门才叫我第二次告别。

50　“莲馨花道路”译成“花街柳巷”，意思是恰切的，但莎士比亚在这里并非引用成语，在他用后，这句话才成了成语。

波　还在这儿，莱阿替斯？上船去，上船去，
真好意思！风息在帆篷的肩头上，
人家在等你啊。得，我为你祝福！
有几句教训你务必铭刻在心。
你不要想到什么就说什么，
也不要想到什么就做什么。
待人要和气，但是决不要随便；
相知有素的朋友，考验过交情，
就该用钢圈箍上你的灵魂；
可不要跟每个半生不熟的相识
过分周旋，握粗了你的手掌。
当心跟人家吵架，既然吵起来
就做到让对手下次碰上你要当心。
多听人提意见，少对人发表意见；
有批评都接受，自己的判断要保留。
口袋里有钱，尽管办贵重衣服，
可不要奇装异服；要富丽，避俗艳；

---

57 “得”，波乐纽斯一边说，一边把手搁到儿子的头上。

64 “半生不熟的相识”，“第二四开本”作“初出茅庐的阔少”。

要知道穿著往往标明了人品，
在法国最有身份的第一流人物
特别在穿著上显得最讲究，最大方。
不向人借钱，也并不借钱给谁；
借出去往往就丢了钱也丢了朋友，
借进来会叫你忘记了化钱要省。
这一点高于一切——要忠于自己；
就如同先有了白昼才会有黑夜，
要这样才不会不忠于任何一人。
再见：祝你使这番话开花结果！

莱　父亲在上，孩儿就此告辞了。

波　时间在唤你。走吧，听差在等你。

莱　再见，莪菲丽亚，你要好好记住
我对你说的话。

莪　　　　　　　　　我把它锁在记忆里，
你自己就把钥匙收下来保管吧。

莱　再见。　　　　　　　　　　　　　〔下。

波　莪菲丽亚，他对你说了一些什么话？

莪　是有关哈姆雷特殿下的，请勿见怪。

波　见怪，那倒是想得周到啊！
我听说他近来常常把私下的时间
就花在你的身上，听说你自己
又许他要见你就见你，有求必应。
要真是这样——我是听人家说这样，
人家告诉我也无非是要我注意——
我必须对你说，你太不了解你自己
该怎样当我的女儿，做你的小姐。
你跟他究竟怎么样？老实告诉我。
莪　他呀，爹爹，他近来一再对我
捧出过真心。
波　真心？嗨！你说话还象个小丫头，
没有出过门，全不知什么叫风险。
你相信他捧出来了，照你的说法？
莪　我可不知道，爹爹，该怎样想法。
波　我教你想吧：你是个三岁小孩，
随他“捧”出来什么，都当是真东西！
你该把自己的身价“捧”得高一点，
（可怜这小字眼跑野马要跑断气了）

当心你给我“捧”出来一个小傻瓜！

莪　爹爹，他对我求爱的态度十足是
光明正大。

波　对呀，冠冕堂皇！得了，得了！

莪　爹爹，他为了证明心迹，可说是
用出了一切神圣的海誓山盟。

波　捕捉傻鹁鸪的天罗地网！我知道，
欲火上升的时候，灵魂会怎样
教舌头乱发誓言的。这种火，小丫头，
要知道，是光多于热，都不过一现，
刚刚发出来，一下子就热退光消了，
你千万别当作是真火。从今以后
多注意你千金身份，少出头露面吧。
你要高高在上，别一听呼召
便移樽就教。对于哈姆雷特殿下，
你应该明白这一点：他还年轻，
而且他可以自由活动的场面
比你的广得多。总而言之，莪菲丽亚，
别相信他的盟誓；那是牵线人，

身上穿的衣裳是洁白，干净，
心里转的念头是卑鄙，龌龊，
就象龟婆冒充圣徒，假正经，
为了更便于骗人。干脆一句话，
从今以后，哪怕是片刻的闲工夫
我都不准你这样子随便糟蹋，
再用来跟哈姆雷特殿下说话！
好好留神，我要你记住。来吧。

莪　我一定听话，爹爹。

〔同下。

第四场　城堡前平台。

哈姆雷特、霍拉旭及玛塞勒斯上。

哈　风，真是刺人得厉害；可冷啊。

霍　真叫是寒风凛冽，砭人肌骨。

哈　什么时候了？

霍　　　　　　　　我想还不到十二点。

玛　不，已经敲过了。

霍　真的？我没有听见。如此说来，
　　时候快到了，精灵要照例出现了。

〔内奏喇叭，鸣炮。

　　这是什么意思，殿下？

哈　国王今晚上安排了通宵的宴饮，
　　闹酒取乐再加上撒野跳舞，
　　他每干一大杯莱茵酒，铜鼓和喇叭
　　就这样大吹大擂，一致庆祝
　　他酒战胜利。

霍　　　　　　　　这可是向来的风俗？

哈　嗯，是的；
　　可是我虽然在这里从小看惯了，
　　却以为这一种风俗，与其遵守它
　　不如破坏它倒来得体面一点。
　　这样的酗酒纵乐使我们受够了
　　东西各国纷纷的议论和诋毁；
　　他们叫我们酒鬼，用瘟猪一类话

糟蹋了我们的名号；这一种行径
也真要抵消了我们的丰功伟业，
至少使我们失去了荣誉的精髓了。
就个人说来情形也往往如此，
有些人品性上有一点小小的瑕疵，
或者是天生的（那也怪不得他们，
因为天性并不能自己作主），
或者是由于某一种特殊的气质
过分发展到超出了理性的范围，
或者是由于养成了一种习惯，
过分要一举一动都讨人喜欢，
这些人就带了一种缺点的烙印
（天然的符号或者是命运的标记），
使他们另外的品质（尽管圣洁，
尽管多到一个人担当不了，）
也就不免在一般的非议中沾染了
这个缺点的溃烂症。一点点毛病
往往就抵消了一切高贵的品质，
害得人声名狼藉。

鬼魂上。

霍　　殿下看，它来了！

哈　消灾降福的诸天使保佑我们！
不论你是神灵还是妖魔，
带来的是天风还是地狱的煞气，
不论你的来意是好是坏，
你既然带了这样个可疑的形状，
我要对你说话。我叫你哈姆雷特，
先主，父亲，丹麦王。啊，回答我！
别让我闷在鼓里，明白告诉我
为什么你已经发丧入殓的骸骨
挣破了寿衣出来了；为什么坟墓，
明明让我们看了你安葬在里面的，
重新张开它沉重的大理石巨颚
又把你吐出来了。都是为的什么，
你这副死尸才重新全副披挂，
重新来光顾时隐时现的月色，
使黑夜变得狰狞，使我们这样子

沦为蠢然的俗物，心惊胆颤，
充满了不可思议的恐怖，思虑？
说，为什么？干什么？我们该怎么办？

〔鬼魂招哈姆雷特。

霍　它在对你招手，叫你跟它去，
好象它心里有些什么话一定要
单对你说。

玛　　　　　　看，它很有礼貌，
轻轻的招呼你跟它上僻远的地点。
可是不要跟它去！

霍　　　　　　　　千万去不得！

哈　它不肯就说；我就一定跟它去。

霍　不要去，殿下！

哈　　　　　　　　为什么，有什么可怕？
我把生命看得不值一枚针；
至于我的灵魂，既同它自己
一样是不朽的，它又能伤它什么？
它又招我前去了。我就跟它去。

霍　殿下，它万一把殿下引到了海里，

或者把殿下引到了俯瞰海面、
峭壁千丈的一个悬崖的顶上，
换上了一副面目，狰狞可怕，
把殿下吓得丧失了理性的控制，
发起疯来，那又怎么样？想想看。
无论谁到了这种惊险的地方，
看千仞底下那一片海水的汹涌，
听海水在底下咆哮，都会无端的
起种种极端的怪念哪。

哈　　　　　　　　它还在招手。
走吧；我就跟你去。

玛　殿下不要去。

哈　　　　　　放开你们的手！

霍　听话吧；去不得。

哈　　　　　　　我的命运在呼唤，
它使我身上的每一条微细的血管
都变得象尼缅狮子的筋络样绷硬。

〔鬼魂招手。

83　尼缅狮子（Nemean lion）是希腊传说中赫勾列所除大害中的第一个。

它还在叫我。你们快放手，朋友；　〔挣脱。
我发誓，谁还要挡住我，我叫他变鬼！
小心，走开！——走吧；我一路跟来。

〔鬼魂与哈姆雷特下。

霍　他胡思乱想，变得什么也不顾了。
玛　我们跟上去；不该就这样听从他。
霍　我们去。——这不知要弄成什么结局？
玛　丹麦的国家里怕有点乌七八糟。
霍　天会照顾的。
玛　　　　　　不，我们要跟他去。

〔同下。

第五场　平台上另一部分。

鬼魂与哈姆雷特上。

哈　你要引我到哪儿去？说！我不走了。

91　霍拉旭回答前二行自己的问话。

鬼　听我说。

哈　　　　　　我听。

鬼　　　　　　　　　我的时间快到了，

我必须马上再回到琉璜的烈火里

去受尽熬炼。

哈　　　　　　　　唉，可怜的幽魂！

鬼　不要可怜我，只要认真听我

要说的事情。

哈　　　　　　　　说吧，我一定得听你。

鬼　你听了以后，也一定得替我报仇。

哈　什么？

鬼　我是你父亲的灵魂，

判定有一个时期要夜游人世，

白天就只能空肚子受火焰燃烧，

直到我生前所犯的一切罪孽

完全烧净了才罢。我不能犯禁，

不能泄露我狱中的任何秘密，

3　指炼狱的净火。

12　这是宗教说法的人间所犯的一般“罪孽”，不是什么特殊的罪行。

要不然我可以讲讲，轻轻的一句话
就会直穿你灵府，冻结你热血，
使你的眼睛，象流星，跳出了眶子，
使你纠结的发鬈鬈鬈分开，
使你每一根发丝丝丝直立，
就象发怒的毫猪身上的毛刺。
可是这种永劫的神秘决不可
透露给血肉的耳朵。听啊，听我说！
如果你曾经爱过你亲爱的父亲——

哈　天啊！

鬼　你就替他报惨遭谋杀的冤仇。

哈　谋杀？

鬼　恶毒的谋杀，谋杀是最恶毒不过的，
可是那一下更恶毒，更伤天害理。

哈　赶快告诉我，我要插起翅膀，
快得象思想，象一往情深的怀念，
马上去报仇。

鬼　　　　　　　我看出你是积极的；
你如果对这件事情不采取行动，

就比忘川河岸上懒坏的水草
还要迟钝了。得，哈姆雷特，听我说。
人家宣布说，我在花园里睡觉，
一条蛇把我咬了。这一个虚构的死因，
恶毒万分，把丹麦全国的听闻
一手遮掩了。可是你，高贵的青年，
要知道那一条咬死你父亲的毒蛇
现在就戴了王冠。

哈　　　　　　　　怪不得我先恨啊！
是我的叔父？

鬼　正是那一个通奸乱伦的禽兽，
就凭他诡计多端，花样百出，
（邪恶的才智啊，这样子有本事诱骗人！）
为了满足他极端无耻的兽欲，
骗上了我那位最显得贞洁的王后。
啊，哈姆雷特，这是怎样的堕落啊，
不管我的爱情是这样庄严，
完全匹配了我跟她结婚的盟誓，
竟至于屈尊就教这一个坏蛋，

不看他天赋的才德比我的要低
不知多少倍!
贞操，尽管让淫欲扮做了天仙
前来求爱，也永远不为所动，
色情，尽管跟光华的天使结了婚，
也会厌弃了至尊极乐的天床
吃人家垃圾。
慢一点！我好象闻到了早晨的气息;
我说得简单些。我在花园里睡觉，
我每天午后照例要这样歇一下，
想不到你的叔父竟乘我不备，
溜进来，用了一小瓶该死的乌木汁，
把我的两只耳朵一齐都灌了。
这一种麻疯式毒精跟人的血液
死不两立，会马上就发作起来，
滴溜溜象水银一样，无孔不入，
一下子通遍了全身的大门小径，
力道猛极了，象酸液滴进了牛奶，
一下子把全身鲜活流畅的血液

都凝结起来。我的血液就这样了；
而且立刻有无数的疹泡，麻风样，
带着可怕的疤片，盖住了我全身
光滑的皮肤。
我就这样在睡梦中由一个弟兄
一下子夺去了生命，王冠，王后！
就在罪孽深重里一命归天，
来不及举行圣餐礼，忏悔，涂膏，
来不及结一结清楚，就叫我算了帐，
不管我满头是未清未净的红尘。
哈　啊，可怕！啊，可怕！真可怕！
鬼　只要你有一点天性，就不要容忍；
不要让堂堂的丹麦国家的御床
变成了一张窝藏淫乱的卧榻。
可是无论你怎样进行复仇，
别玷污你的心灵，对你的母亲
也不可有所不利。让她由天罚，

80　这一行“第二四开本”和“第一对折本”都作鬼魂说的，后来一些编订者改成如此。

让她受那些长到她内心的荆棘

无情的刺痛吧。我们得分别了。

萤火虫显出了黎明就在眼前，

这些闪闪的微光已经淡了。

再见，再见，再见：你要记着我。 〔下。

哈　天兵神将啊！天神地祇啊！还有呢？

加上地狱的凶煞吗？硬起来，我的心！

全身的筋络不要一下子都松了，

要把我直挺挺支撑起来！记着你？

一定的，只要这一颗错乱的脑瓜里

还有记忆，可怜的阴魂！记着你？

一定的，我要从记忆的象牙简版面上

擦干净一切琐屑无聊的记录，

一切抄来的格言，一切心得，

年少好奇留下的一切印象，

92—95　多弗·威尔孙解释，哈姆雷特此时心神狂乱，俯伏在地，说到“支撑起来”才站起来。

98　当时记事备忘，用象牙小片，犹如中国古时用竹简。这里是比喻说法，下文里才是实物。

只让你对我提出的这一个训令
单独留在我头脑的书卷当中，
不掺杂下贱的东西；请上天作证罢！
啊，恶毒不过的女人！
啊，笑嘻嘻、万恶不赦的恶汉！
我的记事本！我该把这一点记下来：
一个人笑嘻嘻，笑嘻嘻，却是个恶汉；
至少我相信在丹麦的确会如此。 〔书写。
得，叔父，你看吧。我的标语呢？
那就是这一句“再见，再见！记着我”。
我发了誓了。

霍拉旭与玛塞勒斯上。*

霍　殿下！

---

* “霍拉旭与玛塞勒斯上”照多弗·威尔孙（新剑桥版）办法，放在这里，赖埃特（剑桥版）也认为两人黑暗中登场，一时不一定就看见哈姆雷特。

111　多弗·威尔孙认为哈姆雷特特别把“再见，再见！记着我”当作标语，不再用笔书写，而以更隆重的立誓方式，把它记在“头脑的书卷里”，这句话说了，哈姆雷特即作跪下立誓状，到下文说到“心愿如此”后才起立。

玛　　　　哈姆雷特殿下！

霍　　　　　　　　　　　　天保佑殿下！

哈　心愿如此！

玛　喂，喂，喂，殿下！

哈　回，回，回，小家伙！来，小鸟儿，来。

玛　怎么样，殿下？

霍　　　　　　　　怎么一回事，殿下？

哈　噢，怪极了！

霍　殿下，讲讲吧。

哈　　　　　　　　不，你们会泄露的。

霍　我不会，天作证，殿下。

玛　　　　　　　　　　　　我也不，殿下。

哈　你们说怎样；哪个人心里会想到过？

　　可是你们会保密吗？

霍、玛　　　　　　　　天作证，殿下。

哈　丹麦全国没有哪一个恶汉

　　不是十足的坏蛋。

116　回应上行玛塞勒斯尖声绝叫，哈姆雷特戏改作传统的唤鹰叫法。以下一段中哈姆雷特大半作激动过后的歇思底里性语调。

霍　殿下，这可是用不着鬼魂从坟里来
　　告诉我们啊。
哈　　　　　　　　对呀！你说得对呀！
　　那么，好，用不着再转弯抹角，
　　我认为我们该握握手，各走各的路，
　　你们去照自己意思做自己事情，
　　因为各人有各人的事情和意愿，
　　事实如此；我自己算不了什么，
　　你们看，我要去做祷告。
霍　殿下说话怎么竟语无伦次呀？
哈　我抱歉我说话把你得罪了，罪过，
　　真是罪过。
霍　　　　　　　没有的话，殿下。
哈　圣柏特立克作证，有的是，霍拉旭，
　　罪大恶极。至于这一个幽灵，
　　它是个诚实鬼，我可以告诉你们。

136　一般解释，提圣柏特立克，是因为传说他是炼狱门守（哈姆雷特亡父正在炼狱里），但陶顿解释：与“罪过”并提，可能是因为传说是他从爱尔兰把蛇驱走的（哈姆雷特亡父说是被蛇咬死的），似更圆满。

你们想知道他和我谈了什么话，
却只好请你们暂且忍耐了。好朋友，
你们既都是朋友，读书人，军人，
就请答应我一个小小的请求。
霍　要怎样，殿下？我们一定答应。
哈　不要把今晚上所见的事情传出去。
霍、玛
殿下，我们不。
哈　不算，要发誓。
霍　天作证，
殿下，我决不。
玛　我也不，殿下，天作证。
哈　剑作证！
玛　殿下，我们已经发了誓。
哈　还不算，要按着我的剑。
鬼　〔自下〕发誓！
哈　啊哈！你也说？你在那里吗，老家伙？
你们不听见地窖里这个家伙吗？
来吧，发誓。

霍　　　　　　　　殿下说怎样发誓吧。

哈　永远不说出你们看见的这一切：

　　按着我的剑发誓。

〔二人按剑默誓。*

鬼　〔自下〕发誓！

哈　“从一处到百处”？我们换一个地方吧：

　　这儿来，你们二位，

　　你们再一次把手按着我的剑：

　　永远不说出你们听见的这一切，

　　凭我的剑来发誓。

〔二人再度默誓。

鬼　〔自下〕发誓！

哈　说得好，老田鼠！你钻地钻得好快啊！

　　好一个开路先锋！——我们再搬个场。

霍　天有眼，地有灵，这真是稀奇古怪！

哈　那就当稀客来招待，别大惊小怪。

---

* 以下导演词加三次默誓动作，采用多弗·威尔孙办法。

156 “从一处到百处”原文是拉丁句。这个拉丁句，以及换地再三发誓，据说，都从咒法家仪式中取来。

你知道天地间有许多事情，霍拉旭，
决不是你们的哲学所梦想得到的。
可是来吧！
天保佑你们，在这里再发誓一次：
不管我举动怎样的离奇古怪，
（因为我以后也许要认为应该
装出一副疯疯癫癫的样子，）
你们看见我这样，千万不要
这样子手一叉，或者是这样子头一摇，
或者说一句半句的怪言怪语，
“嗯，嗯，谁不知道啊！”或者说
“愿意说就能说”，或者说“可以说就有人”，
说诸如此类闪烁其词的话语，
表示你们知道我有什么隐衷：
这绝对避免，愿你们沐天恩天惠，
发誓吧！

鬼 〔自下〕发誓！

---

167 在莎士比亚当时，“哲学”指“自然哲学”，相当于后世所说的“科学”。

哈　安息吧，安息吧，不安的灵魂！

〔二人三度默誓。

得，

我以满怀的热情信赖二位；
只要象哈姆雷特这样的一个可怜人
对你们能表示情谊，托福上天，
什么都一定做到。我们进去吧；
你们要永远缄口，我请求你们。
时代整个儿脱节了；啊，真糟，
天生我偏要我把它重新整好！
来，我们一块儿走吧。

〔同下。

第二幕

第一场　波乐纽斯家中一室。

波乐纽斯与雷纳尔陀上。

波　交给他这点钱，这些信件，雷纳尔陀。
雷　是，老爷。
波　你如要做得非常之聪明，雷纳尔陀，
你不妨未找他、先去打听打听
他的行为。
雷　　　　　老爷，我确是想这样。
波　嗯，说得好，说得很好。你听好，
先问问巴黎有些什么丹麦人，
叫什么，干什么，有什么，住什么地方，
交什么朋友，有什么开销，这样子

转弯抹角，旁敲侧击，看出了
他们确实是认识我的儿子的，
你不妨比问长问短更逼进一步；
装得象跟他有几分泛泛的相识，
譬如说，“我认识他的父亲和朋友，
也有点认识他本人。”懂不懂，雷纳尔陀？

雷　懂，很明白，老爷。

波　不妨说，“也有点认识他，可不太熟悉。
要真是我说的那一位，他可胡闹呀，
嗜好什么什么”；随便给他
捏造些坏话；当然别说得太糟了，
以至损害了他的名誉——要注意；
可是不妨说一些司空见惯的，
一般纨袴子弟向所难免的
放浪行为。

雷　　　　　　譬如说赌博，老爷。

波　对了，喝酒，比剑，赌咒，吵架，

12　或解作：“你就比短刀直入更来得深入了”。

搞女人，也都可以说。

雷　老爷，那可就损害他的名誉了。

波　决不会，你可以轻描淡写一点儿。
你可千万别再进一步糟蹋他，
说他是急色儿；这不是我的意思。
你得把他的毛病说得挺婉转，
使它们显得只是些小不检点，
年轻人火气太旺的一时发作，
血性方刚的一点儿调皮撒野，
只是些常犯的通病。

雷　　　　　　　　　可是，老爷——

波　为什么要你这么办？

雷　　　　　　　　　是的，老爷，
我愿意知道。

波　　　　　　其中自有妙处，
我相信这是个管保成功的策略：
你就当捏东西难免留下的手指印，
给我的儿子加上这些小污点，

听好，
跟你谈话的、你要试探的对方，
如果见过你所说的这位年轻人
真犯了上面所说的那些过失，
靠得住就会同意你，会如此这般说：
“好先生”，或者说“朋友”，或者说“仁兄”，
全看人不同，地不同，风习不同，
称呼也就不一样。

雷　　　　　　　　　　　很好，老爷。

波　然后他就——他就——我刚才正要说什么呀？该死，
我刚才正要说一句话，我说到什么地方了？

雷　说到“同意你这样说”；说到“仁兄或者先生”。

波　“同意你这样说”——啊，对了，可不是！
他就这样说：“我认识这位先生。
昨天，或者是前天，或者是另一天，
我还看见他同谁、同谁在一起；

50　波乐纽斯说乱了，话也就变成了散文。

51　注意雷纳尔陀复述波乐纽斯的话与原来的有出入，意思都不对了，足见他并未“听好”，而波乐纽斯胡涂，还以为就是如此。

正如你所说，在什么地方赌钱；
喝酒喝醉了；打网球打了架”；或许是
“我看见他走进哪一个生意人家”，
就是说哪一家窑子，诸如此类。
现在你该明白了——
你用“假”钓饵钓起了这条“真”鲤鱼；
我们这种有深谋远虑的聪明人
就这样靠转弯抹角，靠旁敲侧击，
善于从间接里达到直接的目标。
你也可以照我前面所讲的做法
探出我儿子的真相。你懂了没有？

雷　老爷，我懂。

波　　　　　　　再见，一路顺风。

雷　谢谢老爷。

波　你自己对他只观察一举一动。

雷　是，老爷。

波　让他唱自己的调子。

69　或解作：“你自己也得观察他的举止”。

71　或解作：“让他好好学音乐”。

雷　　　　　　　　　　是，老爷。

波　再见。

〔雷纳尔陀下。

莪菲丽亚上。

怎么样，莪菲丽亚，你有什么事？

莪　噢，爹爹，爹爹，可把我吓坏了！

波　究竟是什么事，快说！

莪　爹爹，我正在绣房里缝我的东西呢，
想不到哈姆雷特殿下，衣服也不扣，
帽子也不戴，袜子也乌七八糟，
不打袜带，脚镣式直拖到脚踝头；
膝盖同膝盖只顾碰来撞去，
脸色同衬衫一样白，一副可怜相，
好象他是刚从地狱里放出来
要讲那里的恐怖哪——他一直进来了。

波　想你想得发疯了？

莪　　　　　　　　　我可不知道，

只怕是的，爹爹。

波　他说了什么？

莪　他握住我的手腕，紧紧的，不放开，

伸直了手臂尽可能退回去一点，

又用另外一只手遮住了眉头，

那么样仔细打量我的面容，

好象要画它呢。他这样看了许久。

临了，轻轻的抖一下我的手臂，

他把头这样子上上下下点三次，

发出一声怪凄惨沉痛的悲叹，

好象这一声震得他全身都碎了，

生命都完了。然后他放了我的手，

转过身去还朝我转过头来，

他似乎不用眼睛只用脚走路，

他就这样子一步步走出了房门，

始终把目光老盯住在我的身上。

波　来，跟我一起走。我要去见国王。

这正是相思害得他疯头疯脑，

谁害上这种狂热病都会得毁自己，

任意干起不顾一切的事情，
天底下任何种迷人本性的狂热
也不过这样厉害。我觉得可惜——
你最近对他说过难堪的话吗？
莪　没有，爹爹；只是依爹爹严命，
我确曾拒绝接收他的信件，
也拒绝接见他。
波　　　　　　　　这就害得他发疯了。
可惜我没有正确的注意和判断
他的真相。我原先怕他只是想
玩弄你，毁你；我的疑心病真该死！
真是啊，我们上了一点年纪的
总是想得太远了，反而胡涂；
正如年轻人往往是太无顾虑，
成了胡闹。来，我们去见国王。
这等情事一定得明白交代，
隐讳了闯祸，还不如讲出来受怪。

104　没有说完，到109行才又接上。

来。

〔同下。

第二场　城堡中一室。

国王、王后、罗森克兰兹、纪尔顿斯丹

及侍从上。

王　欢迎，罗森克兰兹，纪尔顿斯丹！
我们不仅仅老想念亲爱的二位，
还需要借重二位，才把你们
匆匆召来了。你们已经风闻了
哈姆雷特发生了大变。我说他大变，
因为他这个人和原先、从内到外
都大不相同了。除了丧父的哀痛，
究竟还有什么害得他这样子
神志失常，自己不认识自己，
我实在想不出。我想到你们二位

从小就跟他一块儿教养起来的，
既是少年的同伴，又熟悉脾气，
因此特地请二位到这儿宫廷中
小住几天；你们好陪他玩玩，
逗他去消遣消遣，也好趁机会
尽可能搜集些情况，摸清楚究竟
有什么心病把他折磨到这样，
让我们明白了，也就好对症下药。
后　二位该知道，他常常谈到你们，
我相信世界上再也找不出两个人
比你们同他更要好。如不嫌怠慢，
慨然对我们表一番盛情雅意，
答应在我们这儿小作勾留，
支持和推进我们殷切的希望，
身为国王的定作相称的酬谢，
不负二位的苦心。
罗　　　　　　　　　　二位陛下
对我们为臣的都是至高无上，
有何懿旨，只管命令就是，

客气不得。

纪　　为臣的愿从钧旨，
我们在此都甘愿鞠躬尽瘁，
为二位陛下略效犬马之劳，
请随意驱遣。

王　谢谢，罗森克兰兹，纪尔顿斯丹。

后　谢谢，纪尔顿斯丹，罗森克兰兹。
我现在就请你们立刻去看看
我那个大大变了的儿子。谁来
领我们这二位先生去找哈姆雷特。

纪　愿上天保佑我们在旁侍候
能使他愉快而有益！

后　　心愿如此！

〔罗森克兰兹、纪尔顿斯丹及若干侍从下。

波乐纽斯上。

波　陛下在上，派往挪威的使节
欢欢喜喜的回来了。

王　你简直是一个喜神，总带来好消息。

波　真的吗，陛下？陛下可以相信，

　　我对上帝、对皇恩浩荡的陛下，

　　看重责任就好比看重灵魂；

　　除非我这副脑筋忽然不灵了，

　　不及往常那样的善观风色，

　　那样的有把握，我以为我已经发现了

　　哈姆雷特忽然变疯疯颠颠的原因。

王　噢，你就讲出来吧！我正想听听。

波　陛下先还是接见那两位特使；

　　我这点消息留在盛筵后当果品吧。

王　那么劳你驾亲自去接他们进来吧。

〔波乐纽斯下。

　　亲爱的葛忒露德，他对我说是发现了

　　你的儿子神思恍惚的缘由。

后　我想主要原因还就是这一点：

　　他父亲死了，我们又太快的结了婚。

王　且听他讲了再说。

波乐纽斯、伏尔第曼德及考奈留斯上。

欢迎，好朋友！
伏尔第曼德，挪威国王兄怎样说？

伏　他非常恳切，托我们答候陛下。
我们一提出，他立即传谕侄儿
停止招兵；他原先不明白，还以为
这种举动是准备对付波兰人，
可是一调查清楚，他就知道
确乎是对付陛下的；他大为痛心，
怪自己老病无能，竟受人摆布，
震怒之下，就发出一道文书
把福丁布拉斯召回；年轻人倒服贴，
受了挪威王一番申斥，最后
在他的叔父面前立下誓言，
决不再试图兴兵渎犯陛下。
挪威老王因此非常欢喜，
赏赐他三千克郎的岁收年金，
并且准许他把他已经招募的

那些兵士用来对付波兰人；
只是有一个请求，写明在这里，　〔取出文书。
希望陛下许他们平安借道，
通过陛下的领土出去远征，
保证地方秩序，确定路线，
都遵照书面的说明。　〔呈上文书。

王　这样就好，
等我们从容一点了就来细读，
就来答复，再考虑这桩事情。
谢谢你们不辱使命，辛苦了；
且回去歇息；今晚来参加宴会。
恭喜回国！

〔使节下。

波　好了，结果圆满。
王上，王后娘娘，我要是谈论
什么是君上的尊严、臣下的本分，
为什么日是日、夜是夜、时间是时间，
那无非是浪费日夜，是糟蹋时间。

所以明知道简洁是智慧的灵魂，
冗长是乏味的枝叶、肤浅的花饰，
我要说得简短。殿下是疯了：
我管他叫疯了，因为要说明真疯，
那就是发疯，还有什么可说？
算了吧。

后 请多讲事实，少讲究文采。

波 娘娘，我发誓我一点也不做文章。
他已经疯了，是真的；真的是可惜；
可惜是真的。多蠢的舞文弄墨！
傻话少陪了，因为我不想做文章。
我们就承认他疯了吧。下一步就是：
我们要找出这种结果的原因，
或者不如说这种恶果的原因，
因为结果成恶果总有缘故：
这是下一步，下一步就是这样。
请细思细考。

---

96 王后说“少讲究文采”，主要是因为急于听实情，不含贬意；波乐纽斯则自鸣得意，自以为“文章”信手拈来，十分自然，也不背真实。

我有个女儿（是我的，我总还“有”她），
难为她对我总算孝顺，请注意，
给了我这个。请听下文分解。

〔读〕

给我灵魂的偶像，只应天上有的、绝顶美艳的莪菲丽亚——

这是个措词拙劣的句子，措词下流的句子；“美艳”
是下流的措词。可是听下去吧：

〔读〕

愿此数行留在她皎洁的怀中，等等。

后　这是哈姆雷特写给她的吗？

波　好娘娘，等一等；我要忠于原文。

〔读〕

你可以怀疑星辰的发光，
你可以怀疑日月的运行，
你可以疑心真理会说谎，

---

108 “这个”指诗。哈姆雷特投寄诗笺，当在莪菲丽亚拒接信、拒见人以前（韦立谛），远在哈姆雷特在威登堡做学生的时候（亚达姆斯）。现代学者认为诗与附信都合莎士比亚时代青年人写情书的时髦风格，虽不免造作，终是热情流露，老头子挑剔嘲弄，与他自己的言谈对照，适见其可笑。我们也可以想见“五四”时代腐儒讥笑幼稚而天真的新青年写白话情诗的情景。

决不要怀疑我的爱情。

亲爱的莪菲丽亚啊，我非常不善于写诗；我没有本领照韵律拍出我的呻吟；可是相信我最爱你，最最爱你啊。再见。

最亲爱的小姐，只要这副机器还属于我，我就永远是你的——哈姆雷特。

这是我听话的女儿拿给我看的；
她此外还把他怎样求爱的情形，
时间，地点，办法，一五一十，
全给我讲了。

王　她自己对他的爱情
可怎样？

波　陛下看我是怎样个人呢？

王　十足是正直可敬的忠信之士。

波　但愿我能证明如此。可是假定说
我看见了这场热烈的恋爱在进行
（不瞒陛下说，不等我女儿讲出来
我自己就已经看出来了），请问陛下，

121　布莱特（T. Bright）在1586年出版的《忧郁论》中把人体比作机器（陶顿）。“机器”一词在莎士比亚当日，用起来还很“雅致”（吉特立其）。

还有王后陛下，也请想想看，
如果我权充写字桌或者记事本，
对自己挤眉弄眼，尽装聋作哑，
一切都视若无睹，不闻不问，
陛下会觉得怎样呢？我可不客气，
立刻就对我这位大小姐这样说：
“殿下是一位王子，你高攀不到的；
这样下去可不成。”我也就教训她
对殿下要闭门不出，避不见面，
断然不接纳来使，不接受礼物，
她听了我这番教训就实行照办，
殿下遭受了拒绝以后，简单说，
就悒郁寡欢，于是乎饭也不吃了，
于是乎觉也不睡了，于是乎憔悴了，
于是乎神思恍惚了，步步下降，
直弄到发疯了，如今就胡言乱语，
真叫大家都悲痛哩。

王　你相信原因是这样吗？

后　　　　　　　　　很可能，很象。

波　我倒是很想知道，究竟有哪一回
我曾经断然说过了“事情是这样的”
而结果却并不如此？
王　　　　　　　　　　我不曾见过。
波　要是我说错了，把这个从这儿拿掉吧！　　　〔自指头肩。
只要环境许可，我总会找出来
事实的真相，尽管它一直躲到了
地中心。

哈姆雷特上，手持一书，且读且行，
闻声止步，未被觉察。*

王　　　　　　我们进一步怎样来试验呢？
波　陛下该知道，他有时在这儿走廊里
一连走三四个钟头。
后　　　　　　　　　　他确乎是这样。

* 哈姆雷特出场，旧本排在下文国王说“我们试试看”以后，现据多弗·威尔孙解释，排到这里，如此下文中哈姆雷特与波乐纽斯交谈时开头所作数语，意义才显。

波　我趁他这样，把女儿给他放出来；
陛下和我就躲到帷幕后边，
注意他们的相会。若殿下不爱她，
也并不为了恋爱而丧失理性，
那就请解除我襄理国家的职务，
让我去种田养牲口吧。
王　　　　　　　　　　我们试试看。

哈姆雷特上前。

后　看我这可怜儿晃来了，阴惨惨，尽看书。
波　走吧，请陛下二位都赶快走吧！
我马上就跟他招呼。噢，请便。
〔国王，王后及侍从下。
殿下可好？
哈　好，天帮忙。

---

160 “放出来”一语，陶顿解释“提醒国王与王后他已经禁止了莪菲丽亚与哈姆雷特来往”，但多弗·威尔孙指出另有一义，用在交配牛马场合，因此恶谑，下文中哈姆雷特一再反唇相讥，口出秽言，才易了然。

波　殿下认识我吗？

哈　认识得一清二楚，你是个鱼贩子。

波　不是，殿下。

哈　但愿你是那么老实的一个人。

波　老实，殿下？

哈　对了，先生；世道如此，要找个老实人，一万个人当中才好容易挑得出那么一个。

波　说得十分有理，殿下。

哈　如果太阳在一条死狗身上养得出蛆虫，因为它是一块大可亲吻的臭肉——你有个女儿吗？

波　有，殿下。

哈　别让她走到太阳底下。肚子里搞得出名堂是一种福气，可是你的女儿不会在肚子里搞得明白的，朋友，当心啊。

波　〔旁白〕

这是什么意思啊？还是念念不忘，总是提我的女儿。可是他起初连认都不认识我；他说我是个鱼贩子。他的疯病是很深了，很深了。老实说，我在年轻的时候，也为了恋爱，

172　“鱼贩子”有娼主鸨母意。

弄得神魂颠倒;着实跟他这样子差不多。我再跟他谈谈。——殿下在读些什么?

哈 空话，空话，空话。

波 讲什么事情啊，殿下?

哈 谁同谁的事情啊?

波 我是说殿下读到些什么。

哈 胡说八道，先生；这个刻薄鬼在这儿说：老年人长灰白胡子；脸上到处起皱纹；眼睛里排泄出浓浓的琥珀膏和橡胶糊；头脑十足是胡里胡涂，腿棒永远是摇来摆去。这些话，先生，虽然我坚定不移而明明白白的相信是千真万确的，然而我认为这样子写下来实在是不成体统，因为你自己，先生，也会长到我这样年纪的，只要你能象一只螃蟹一样的越走越倒退回去。

波 〔旁白〕

这虽然是疯话，却也有条理。——殿下想走到不通风的地方去吗?

---

198 哈姆雷特用曲折的说法，等于说关于老人的描写，与“你自己”完全切合。螃蟹倒行，英国当时有此传说；舞台上可使波乐纽斯在哈姆雷特气势逼人前步步倒退。

哈　走进我的坟墓去？

波　哎呀，那里可真密不通风了。〔旁白〕他的对答有时候多有意思！疯有疯福，往往出口成章，不比头脑清醒，事理明白，却常常左思右想，有话说不清。我暂且离开他，立刻去布置我的女儿跟他相会。——殿下勿见怪，少陪了。

哈　你放心，我再没有什么比你的"陪"更是一向情愿、巴不得"少"了的——除开我的生命，除开我的生命，除开我的生命。

波　再见，殿下。

哈　这些讨厌的老傻瓜！

罗森克兰兹与纪尔顿斯丹上。

波　你们去找哈姆雷特殿下，他就在那儿。

罗　〔对波乐纽斯〕上帝保佑大人！

〔波乐纽斯下。

纪　尊贵的殿下！

罗　亲爱的殿下！

哈　我的两位好朋友！你怎样，纪尔顿斯丹？啊，罗森克兰兹！好伙计，两个都好吗？

罗　我们正如一般的大地之子。

纪　相当幸福，正因为不过分幸福；我们并不是命运女神小帽儿上的顶结。

哈　也不是她的鞋底？

罗　也不是，殿下。

哈　那么你们是住在她的腰身上，她的恩惠的正中间？

纪　真的，我们是她亲信的私底下人。

哈　住在命运女神的私处？噢，千真万确，她是个婊子。你们有什么消息？

罗　没有什么，殿下，除非说世界愈来愈变得诚实了。

哈　那么世界的末日快到了。可惜你们的消息并不真实。让我再仔细问问看：好朋友，你们在命运女神手下犯了什么案子，才叫她把你们打发到这儿监狱里来了？

纪　怎么是监狱呀，殿下！

哈　丹麦是一所监狱。

罗　那么全世界也就是一所监狱了。

227　这句话使哈姆雷特起了疑心，才要“仔细问问看”。

哈　了不起的一大所，里面有许多禁闭室、监房、暗牢；丹麦是里面最坏的一间。

罗　我们并不这样想，殿下。

哈　啊，那么对你们就不是一所监狱；本来么，世界上也没有什么是好，什么是坏，只是想法不同才分出了好坏。对于我，这是一所监狱。

罗　啊，那么是殿下雄心太大，才使它变成了一所监狱；它太狭窄了，使殿下不能称心如意。

哈　天啊，我关在一个栗子壳里都还能自命为拥有无限空间的君王的，要不是我做了许多恶梦哪。

纪　这种恶梦可就是野心；因为野心家的本质无非是一个梦的影子。

哈　一个梦本身就是一个影子。

罗　不错，我认为野心是那么空虚轻飘的一种东西，无非是一个影子的影子。

哈　那么我们这些叫化子倒是实体，我们的君王和大摇大摆的英雄人物倒是叫化子的影子。我们进宫去吗？我真的不会

240　“雄心太大”就是下文“野心”的婉转说法，原文是一个字。他们两个疑心哈姆雷特的隐衷是抱恨未能继承王位，所以坚持在这一点上试探他，他也看出来了。

讲道理了。

罗、纪　我们来侍候殿下。

哈　没有的事！我不愿意把你们混在我的仆人中间；因为，作为老实人对你们说老实话，我已经受够了侍候了。可是，凭我们的老交情说说，你们到艾尔西诺来，有何贵干？

罗　只是拜望拜望殿下，没有别的缘由。

哈　我是个叫化子，穷得连一声“谢谢”都拿不大出来；可是我还是谢谢你们；当然，我的一声“谢谢”是不值半文钱的，请二位原谅。你们不是人家叫来的吗？你们来，是出于自己的意思吗？你们来，是出于自动吗？得，得，老实对我说，得，得，老实说！

纪　我们该怎么说好呀，殿下？

哈　随你们怎样说，只要不说废话。你们是人家叫来的；你们的脸上就露出了招供，你们问心有愧，随你们要什么花样，都掩饰不了。我知道我们的好国王好王后把你们叫了来的。

罗　叫来干什么呀，殿下？

哈　那就得请你们指教了。凭我们交朋友的道义，凭我们从小和睦的情分，凭我们一向亲密的情谊，凭一位比我会说话

251　“侍候”也有“看守”意，二人说时，可能相顾示意，彼此心照。

的人所能提出的更可宝贵的理由，我要求你们对我开诚布公、直截了当说，你们是人家叫来的不是？

罗 〔旁白，对纪尔顿斯丹〕怎么说呢？

哈 〔旁白〕

得了，你们休想逃过我的眼睛！——你们如果对我还有一分爱意，就不要躲躲闪闪。

纪 殿下，我们是奉命而来的。

哈 我要告诉你们这都是为了什么。这样一来，我有见在先，就免得你们有所泄露，你们对国王和王后负责的机密就不曾透露了一点风声。我近来——也不知为什么缘故——变成了兴致全无，再不想操练戏乐；我心情如此沉重，直觉得大地这一副大好的框架是伸到茫茫大海里的一座荒凉的山岬，天空这一顶极好的帐幕，你们看，这一片罩在头顶上的豪华的苍穹，这一层镶嵌了金黄色火点子的房顶，啊，我觉得也无非是一大堆结聚在一起的乌烟瘴气。人是多么了不起的一件作品！理性是多么高贵！力量是多么无穷！仪表和举止是多么端整，多么出色！论行动，多么象天使！论了解，多么象天神！宇宙之华！万物之灵！可是，对于我，这点泥土里提炼出来的玩意儿算得了什么呢？人，并不能使我欢喜；不，女人也不行，尽管从你的微笑里，我看出你有相反的意思。

罗　殿下，我心里并没有这种意思。

哈　那么，我说到“人，并不能使我欢喜”，你笑什么呢？

罗　我只是想，既然殿下不欢喜人，那一批戏子到殿下跟前来怕只有自讨没趣了。我们在路上赶过了他们，他们正要到这儿来向殿下献技呢。

哈　扮演国王的会受到我的欢迎；他这位陛下会受到我的致敬；冒险的骑士可以舞他的剑，使他的盾牌；情人不至于白叹气；阴阳怪气人不至于下不了场；小丑可以叫那些笑机易动、一触即发的家伙笑破了肚皮，女主角可以畅所欲言，即使素体诗白说走了拍子。他们是一班什么戏子？

罗　就是殿下往常极喜欢的那一个班子，在城里专演悲剧的。

哈　他们怎么跑起码头来了？他们在城里坐地演戏，于名于利，都不是更好吗？

罗　我想他们的不得安身，都因为近来翻了花样。

296　以下谈戏班子一段都是影射英国当时剧坛情况。

300　各家对“不得安身”与“翻了花样”，解释不一。主要分歧有二：一说指当时王公贵人捧出了童伶班子，造成了低级趣味的时尚——这是社会的原因；一说指城市当局（主要因戏文中讽刺时人时事）禁止演戏（但不禁童伶）——这是政治的原因。

哈　他们近来还跟我在城里的时候一样的名声响亮吗？一样的叫座吗？

罗　不，着实是不比从前了。

哈　怎么会这样的？他们荒疏了吗？

罗　他们还是照样的发奋，卖力；可是，殿下，如今出现了一窠娃儿，这一批毛羽未丰的黄口小儿，在台上尖声怪叫，压倒了别人，博得了台下疯狂的喝采。目前就是数他们时髦；他们把他们所谓的普通戏子糟蹋到这步田地，直叫佩剑的公子哥儿都怕时髦文人的笔杆，不敢再去老地方光顾了。

哈　怎么，他们都是些孩子吗？谁津贴他们的？他们是怎样拿钱的？他们一到了唱歌唱不响的年龄，就不会再继续干这门行业了吗？他们要是挣钱不够多，往后长大了，自己也多半会变成普通戏子的，那时候不会怪当初给他们写脚本的对不起他们，害得他们大叫大嚷，骂尽了自己的来日吗？

罗　的确，双方都你来我往，不肯罢休；全国人士又不怕造孽，怂恿他们大吵大闹。曾经有过一个时期，没有脚本卖

311　这种时髦戏的一个特色是插入大量的歌唱。

得出手，除非戏词里插进了这一种争吵，叫编戏演戏的一齐来大显身手。

哈　居然会这样吗?

纪　噢，真是唇枪舌剑，大斗过法宝哩。

哈　结果是这些小孩子打赢了?

罗　正是呢，殿下——连赫勾列和他背的地球都给席卷了去了。

哈　这也不太稀奇；要知道我的叔父竟是丹麦国王了，而且当我的父亲在世的时候还一直对他做鬼脸的那些人，如今都愿意出二十块、四十块、五十块、一百块杜开来买他的一枚小画像了。活见鬼，这里面总有些反常的道理，要是哲学能研究出来的话。

〔内奏喇叭。*

纪　戏子来了。

哈　二位先生，欢迎你们到艾尔西诺来。握手?好，欢迎总要带礼节，俗套。我们就这样子陪你们客气一番吧，免得你们

---

* 莎士比亚时代戏班子下乡演戏时吹喇叭做广告。

322　希腊神话中大力士赫勾列曾代阿特拉斯背负地球。莎士比亚剧团的戏院，环球戏院，以赫勾列背负地球为标帜。

329　“握手？好”照威尔孙根据“第二四开本”原文所作的解释译出，一般根据“第一对折本”原文作“握手吧，来”。

回头计较我接待戏子们的情形（我不妨先对你们说我一定要相当表现一番的），免得你们怪我显得象对他们比诸对你们反而更殷勤。我欢迎你们；可是我的叔父父亲和我的婶娘母亲是弄错了。

纪　弄错了什么，亲爱的殿下？

哈　我发疯只发在发西北风的时候；风从南方吹过来的时候，我还是不至于把一只鹰当作了一只鹭鸶。

波乐纽斯上。

波　天保佑你们，二位先生！

哈　你听好，纪尔顿斯丹——还有你，罗森克兰兹——一只耳朵边听一个人！你们看见的那个大婴孩还没有脱出襁褓呢。

罗　也许他是第二次裹上的；因为人家说，一个老年人是第二次做婴孩。

哈　我可以预言他是来向我报告戏班子的事情；注意吧。——

340　故意假装与二人深谈别事，让波乐纽斯听见，捉弄他。以“一只耳朵边听一个人”代替“一边一个人拿一只耳朵凑近来听”，颠倒了十足象疯话，可能哈姆雷特却是有意思的，等于说“你试探我，我也试探你”。

你说得不错；星期一早上；一点也不错。

波　殿下，我有消息报告殿下。

哈　大人，我有消息报告大人。罗歇斯当年在罗马演戏的时候——

波　戏子们来了，殿下。

哈　呔，呔！

波　千真万确。

哈　戏子们来了，每个人骑一头傻毛驴。

波　都是些世界上数一数二的戏子，演什么都是拿手，无论演悲剧，喜剧，历史剧，田园剧，田园喜剧，历史田园剧，历史悲剧，悲喜历史田园剧；无论演剧中地点前后统一的古典戏，还是演一切规律都不守的新派戏。瑟奈加的悲剧不会嫌过分沉重，帕劳泰思的喜剧不会嫌过分轻浮，受严格限制也好，容许自由也好。他们都是些独一无二的行家。

347　罗歇斯（Roscius，死于耶稣纪元前 62 年）是罗马最著名的喜剧演员，他的名字，家喻户晓，变成大演员的同义词。“罗歇斯当年在罗马演戏”是谁都知道的陈年旧事，不能算“消息”，哈姆雷特暗示波乐纽斯的“消息”也是陈旧了，但老人没有觉察，只当疯话，只顾自己报告下去。

355、356　瑟奈加（Seneca，约生于耶稣纪元前 4 年），罗马悲剧家。帕劳泰思（Plautus，约生于纪元前 254 年），罗马喜剧家，所作剧本在莎士比亚时代的英国流传甚广，对当时剧作发生不小影响。

哈　噢，耶弗他，以色列的士师，你有一件多好的宝贝啊！

波　他有什么宝贝呀，殿下？

哈　啊，

只有个美丽的女娃，
宠爱她可真是到家。

波　〔旁白〕

还总是提我的女儿。

哈　你说不对吗，老耶弗他？

波　既然殿下把我叫作耶弗他，我就当真有一个女儿叫我宠爱得真是到家。

哈　不，接不下去的。

波　那么，怎样接下去呢，殿下？

哈　啊，

天知道，命不好，

358　耶弗他（Jephthah）将女儿献祭上帝，事见《旧约·士师记》。下文中哈姆雷特所引歌词出自一首关于耶弗他的圣经故事民歌，耶弗他故事当时也曾被编入戏文。

367　意思应为："你有个女儿，可不见得宠爱到家"（从全剧看来，波乐纽斯爱女实非出于不自私自利的真爱）。哈姆雷特提到耶弗他，只因为，正如有的学者指出的，仅有一点与波乐纽斯相同——无耻的献出女儿，牺牲女儿。

接下去你就知道是：

　　一朝出了事，糟糕。

这支圣经歌的第一段还会给你讲一点故事的；可是看，我给打断了。

伶人四五名上。

欢迎，欢迎，各位先生；一律欢迎。——我很高兴见到你很好。——欢迎，各位好朋友。——噢，我的老朋友！怎么，你的脸上挂起了黑漆漆一团威武气了，我上次看见你还没有呢。你到丹麦来向我挑战、拿胡子吓我吗？——呵，我的年轻的姑娘，我的小姐！我敢凭圣母起誓，小姐踩了高跟木跷，比我上次看见的时候，更高到顶得着天了。愿上帝保佑你的嗓子，不要哑了，破了，变成了一块不通用的金币，再也叫不响哪。——各位先生，欢迎，欢迎。我们来，学法国的养鹰好手，随便看见什么鸟就把鹰放出去抓；我们

379　当时演女角的都是男性童伶。

380　木高跟鞋子，不但演女角童伶穿，当时一般妇女也穿的，据说往往高至一英尺以至尺半。这里说这个童伶又长高了。

马上来一段台词。来，让我们先领略一下你们的技艺。来，来一段热情的台词。

伶人甲　哪一段呢，殿下？

哈　我曾经听见你说过一段台词，可是从没有在台上演出过；要是上演过，也不会到一次以上；因为，我记得，那个戏并不受大众喜爱，是一般人不赏识的鱼子酱；可是它，照我看来，也照其他在这一方面见解比我有分量的一些人说来，是一本极好的戏剧，场面调配得非常恰当，写得又朴实又巧妙。我记得有一位说过它，行间没有加香料，添怪味，句中没有着痕迹，显造作；说它是作风正派，不但可口，而且卫生，并不惹眼，却是有光彩。我最喜爱那里面的一段台词。伊尼阿斯对玳度叙述情景的那一段，特别是他讲到普赖姆被杀的那一节。如果你还记得清楚，从这一行起头——让我想想看，让我想想看：

凶狠的披勒斯象赫开尼亚的老虎——

395—398　伊尼阿斯传说是罗马的创始人，玳度（Dido）是迦太基的创始人，普赖姆（Priam）是特洛埃王，披勒斯（Pyrrhus）是希腊英雄阿基列斯的儿子。特洛埃沦亡，披勒斯杀死普赖姆以后，伊尼阿斯逃至迦太基，向玳度追述情景，事见维吉尔史诗《伊尼阿德》。

398　赫开尼亚（Hyrcania）是古里海东南岸的蛮荒区域。

不是这样的；的确是从披勒斯开的头，对：

凶狠的披勒斯，披一身漆黑的盔甲，
深藏潜伏在不祥的木马当中，
黑得象他的杀心，赛过黑夜，
一出来就把漆黑的狰狞相涂上了
更显煞气的纹章。从头到脚，
现在是浑身鲜红，可憎可怕，
染上了千百家父母子女的鲜血，
顿时让烧焦的街道焙干，烘硬；
火光熊熊，穷凶极恶的照着他
直杀到当朝的主人。火焰加凶焰，
内外烤透了，涂一层凝结的血浆，
眼睛象红灯笼，凶煞一般的披勒斯
到处寻普赖姆老王。

现在你接下去吧。

波　上帝有眼睛，我敢说殿下念得可真好极了，声调也好，

400　以下几段剧词，一般学者倾向于认为出于莎士比亚自作，模拟早期同代剧作家风格，与本剧正文风格成鲜明对照，以符合“戏中戏”的要求。词句上史诗气重，戏剧性少，正因为如此，才与正文分得清，加重全剧的戏剧性。

神味也好。

伶人甲　　　　　　　　他马上寻着了，

老头子打不着希腊人。古老的宝剑
背叛了老臂，落下了就不再起来，
不听从指挥。就好象饿虎扑羊，
披勒斯直取普赖姆，没有砍中他，
想不到他猛挥利剑带来的一股风
却早把老头儿搧倒了。伊里恩宫城
顿时象感到了这一击，冒火的楼顶
直撞到墙根，哗啦啦的一声巨响
抓住了披勒斯的耳朵。哎呀看！他的剑
本来向普赖姆雪白的头顶上直落下，
却忽然好象在半空里给什么黏住了。
披勒斯站住了，俨然是画里的暴君，
在意图和实行之间保持了中立，
什么也不干。
然而啊，我们常见到暴风雨以前，

---

424 “抓住了……耳朵”一语在原文中（“俘虏了……耳朵”）也是勉强的，原文模拟另一种风格，仍是好诗，到此却成极端，过火了。

天上是一片寂静，云也静止了，
风也不言语，大地是全然沉默，
简直象死了，忽然间一声霹雳
震裂了天空；披勒斯一停顿以后，
杀心也就激起他重新动作；
塞克罗披斯锤打战神的铠甲
管保它万世都结实，落手无情
也不及此刻披勒斯抡起血花剑
狠命的直劈了普赖姆！
滚出去，滚出去，命运女神是娼妇！
愿天神全体一致剥夺她权力；
打碎她那个转轮的轮辐和轮盘，
把那个圆轴心滚滚的直推下天山去，
直落到地狱的底里！

波　这一节太长了。

哈　它该同你的胡子一块儿找理发师照顾的。——请再念下去。他这个人只爱听滑稽的插曲或者淫秽的打诨，要不然就

436　塞克罗披斯（Cyclops）是罗马神话中铁匠神的一批巨人工匠。

440　命运女神骑轮子或摇轮子，象征命运反复无常。

会瞌睡的。念下去；讲赫古芭。

伶人甲

可是谁见了那位裹装的王后——

哈 “裹装的王后”？

波 这很好！“裹装的王后”说得好。

伶人甲

赤脚奔跑，用泡瞎眼睛的热泪
威胁大火；头上缠一块布片
代替了原先的冠冕，作为袍服，
在她枯瘦的生育过多的腰身
裹一条惊惶中随手抓起的毛毯——
伤心惨目，谁看了不会含毒水
唾骂命运作弄人，万恶不赦？
如果天上的众神当时也在旁
亲见她一看披勒斯残酷的闹着玩，
横一刀竖一刀割裂她丈夫的肢体，
立刻发出了一声惨极的哀号，

451 波乐纽斯听精采部分，反而嫌“太长”，听哈姆雷特嫌古怪的字眼，反而说好，趣味可知。

（除非是人情一点也动不了天心）
火一样燃烧的天眼睛也就会湿漉漉，
天神也就会心酸啊！

波　看，他的脸色都变了，他的眼睛里出眼泪了。请不要再念下去了吧。

哈　很好；回头我再请你念其余的部分。——大人，请好好找个地方安置这一些伶倌吧。你听见了没有？好好的招待他们；要知道他们是我们时代的缩影和简史。你宁可以死后落到个不体面的墓铭，切不要生前挨他们一场不客气的品评。

波　殿下，我一定按他们的功德适当对待。

哈　哎呀，老兄，要额外优待才是！要是按各人的功德对待每一个人，那么谁又能逃得了一顿鞭子呢？按你自己的体面和排场来对待他们；他们愈是不配，你的功德愈是无量。带他们进去。

477　哈姆雷特这番话的意思，与其说他愤世嫉俗，夸大认为世人都极坏，不如说他痛心于到处见到坏人养尊处优，好人反而不得善遇。韦立谛及多弗·威尔孙指出莎士比亚借哈姆雷特口说“挨鞭子”，亦有出典，暗讽1572年英国政府法令禁止游民及“强项乞丐”（实为被逐出外的无家可归的农民），也包括“不属于本邦任何贵人”的优伶，鞭打是这种惩戒的最经常的法定刑罚。我们也可以注意前面哈姆雷特一再以“乞丐”自况。

波　各位来吧。

哈　跟他去，朋友们。明天我们要演一场戏。

〔伶人甲除外，众伶人随波乐纽斯下。

听我说，老朋友；你们会演“贡扎果谋杀案”吗？

伶人甲　会，殿下。

哈　我们明天晚上就拿它上演。我感到有一点需要，想自己写上十五六行的一段话，插到台词里，你们可以拿它来练练吗？

伶人甲　可以，殿下。

哈　好极。跟那位老爷去吧——留心别取笑他。

〔伶人甲下。

好朋友，晚上再见了。欢迎你们到艾尔西诺来。

罗　好吧，殿下。

〔罗森克兰兹与纪尔顿斯丹下。

哈　好吧，天照顾你们！现在我清静了。

480　“贡扎果谋杀案”，一般认为别无真戏，只是莎士比亚虚拟的戏中戏。

486　哈姆雷特警告伶人不要学他自己，捉弄波乐纽斯，因为他们不是王子，万一忘其所以，也象他一样取笑老人，自己会吃亏的，是出于照顾他们的好意。

啊，我简直是游民，种田的奴才！
可真是不可思议啊：看这个戏子
无非演一场虚构，做一场苦梦，
还能使灵魂都化入了想象的身份，
发挥了作用，直弄到脸色都发白了，
眼泪都出来了，神情都恍恍惚惚，
嗓门都抖抖擞擞，全身的精力
都配合意象！而且不为了什么！
为了赫古芭？
赫古芭对他或者他对赫古芭，
有什么值得他哭她呢？他会怎样呢，
如果他有了我这种悲愤的缘由？
他会让眼泪淹没了整个的舞台，
用大声疾呼震裂了听众的耳鼓，
使一切有罪者发狂，无罪者惊愕，
使无知无识者惊慌，真的是吓呆了

490　多弗·威尔孙指出哈姆雷特刚暗示过心中想到严禁“游民”的法令。我们可以看出哈姆雷特并非鄙夷农奴，只是怪他们只知做牛做马，逆来顺受。同时禁令中也包括“乞丐”，哈姆雷特在前面也自比乞丐，可见他站在受压迫的一边。他自己的遭遇也就使他本有的正义感突出了。

所有的眼睛和耳朵的全部机能。
可是我，
一个胡涂蛋，可怜虫，萎靡憔悴，
成天做梦，忘记了深仇大恨，
不说一句话；全不管哪一位国王
叫人家无耻的夺去了一切所有，
残害了宝贵的生命！我是个懦夫吗？
谁叫我坏蛋，打破我的脑壳，
拔下我的胡子来吹我一脸毛？
拧我的鼻子，把手指直戳我的脸
骂我说谎？谁对我这样的，嗨？
活该，我活该忍受！因为我怎样说
也总是胆小如鼠，缺少胆汁，
不以饱受欺压为苦，要不然
我该早就请满天的饿鹰吃饱了
狗才的尸肉了。血腥的，荒淫的坏蛋！
狠心的，奸诈的，乱伦的，悖理的坏蛋！

513—516　这四行里所说的凌辱办法，虽属比拟说法，在当时社会上，用在“下等人”（例如前面所说的“游民”）身上，显然是司空见惯。

啊，报仇！

咦，我好蠢啊！我这样真算得英勇啊，
明知道亲爱的父亲被人家谋杀了，
天堂地狱都在唤儿子去报仇，
我偏要学下流女人用空话泄气，
学泼妇，不知羞耻，大骂起街来，
简直象婊子！
呸呀呸！开动吧，我的脑筋！我听说
曾经有过些犯罪人，正在听戏，
因为台上的情景表演得太妙了，
一下子打动了灵魂，竟至于当场
把他们所犯的罪行招供了出来；
因为谋杀案，尽管是没有舌头，
也会显说话的神通。我要叫戏班子
拿一点类似我父亲遇害的情节
演给我叔父看。我要看他的面孔；
直探到他的痛痒处。只要他一惊，

530　动脑筋，写这“十五六行”，至于想到演戏的动机，前面已经提过，决心已定，下文一段只是回顾，不是新出主意（亨特，见弗奈思《集注本》）。

我就有门路了。我所看见的那个鬼
也许是魔鬼；魔鬼会随意化身，
变出美好的形状；是呀，也许他
就是趁我的软弱、我的忧郁，
正好是他最能发挥力量的机会，
骗我去害人害己的。那番话还不够，
我还要证据确实。这台戏是机关，
我要用它抓国王的良心来看看。〔下。

第三幕

第一场　城堡中一室。

国王、王后、波乐纽斯、莪菲丽亚、

罗森克兰兹及纪尔顿斯丹上。

王　你们用尽了迂回曲折的说法
还是探不出他为何这样子乱来，
这样子乱发他胡闹而危险的疯狂，
不去好好过平平静静的日子吗？
罗　他承认自己有一点神经错乱，
可是他绝口不提为什么缘故。
纪　他也不情愿让我们摸到底细，
每逢我们要引他吐露一点儿
他的真相，他就要他的疯把戏，
躲闪了过去。

后　　　　　　　他待你们还好吗？
罗　非常有礼貌。
纪　只是不大自然，有点儿勉强。
罗　不大肯说话，可是我们问什么
他都肯回答。
后　　　　　　　你们有没有劝诱他
作什么消遣吗？
罗　娘娘，我们在路上恰巧赶上了
一个戏班子；我们就对他报告了，
他一听说似乎非常高兴。
他们现在已经是在这儿宫里了，
而且我想已经接受了吩咐，
今晚上要给他演戏呢。
波　　　　　　　　　　一点也不错，
他还拜托我一定请陛下二位
也来看戏。

14 “这两位廷臣，会见失败，怕失体面，试图自行拼凑出一篇报告；罗森克兰兹想表示他们没有完全失败；纪尔顿斯丹却表示做到这一点并非没有困难。他们回避不提哈姆雷特锋利的盘问他们、发现他们是奉命前来的事实。”（陶顿）

王　好极了，一定来。他有这种兴致，
　　我听来十分高兴。
　　请二位帮他进一步鼓起兴头，
　　把心思转到这种娱乐方面吧。
罗　是，陛下。
〔罗森克兰兹与纪尔顿斯丹下。
王　　　　　　好葛忒露德，你先走；
　　我们布置了，叫哈姆雷特就来，
　　让他，象出于偶然似的，在这儿
　　碰见莪菲丽亚。
　　她的父亲跟我就权充密探，
　　躲好了看他们，不让他们看见，
　　好好的注意他们会面的情形，
　　从他的一举一动，一言一语，
　　断定他是不是真为了恋爱的痛苦
　　才这样发作的。
后　　　　　　　　我听从你的意思；
　　至于你，莪菲丽亚，我心里倒是巴不得
　　你的美貌真就是使哈姆雷特

发疯的原因；我希望你的美德
能使他恢复常态，使你们二位
也同受尊荣。

莪　　　　　　　娘娘，但愿能如此。

〔王后下。

波　我菲丽亚，你就在这儿走走。——陛下，
我们就去躲着吧。——你读这本书；
你表示正在做功课，独自个在这儿
就显得不奇怪了。我们也怪不得人家
常责备我们：我们把真诚的面孔、
虔敬的动作，真往往用作了糖衣
包裹了心里的魔鬼哩。

王　〔旁白〕

啊，太对了！
这句话抽了我良心好重的一鞭！
娼妓的脸蛋，涂上了厚厚的脂粉，
要说丑陋不堪，还是远不及

---

45 “书”是祷文一类书，所以说“做功课”。

用花言巧语掩藏的我的行为！
噢，多重的担子啊！
波　我听见他来了。我们快走吧，陛下。

〔国王与波乐纽斯下。

哈姆雷特上。

哈　活下去还是不活：这是问题。
要做到高贵，究竟该忍气吞声
来容受狂暴的命运矢石交攻呢，
还是该挺身反抗无边的苦恼，
扫它个干净？死，就是睡眠——
就这样；而如果睡眠就等于了结了
心痛以及千百种身体要担受的
皮痛肉痛，那该是天大的好事，
正求之不得啊！死，就是睡眠；
睡眠，也许要做梦，这就麻烦了！
我们一旦摆脱了尘世的牵缠，
在死的睡眠里还会做些什么梦，

一想到就不能不踌躇。这一点顾虑
正好使灾难变成了长期的折磨。
谁甘心忍受人世的鞭挞和嘲弄，
忍受压迫者虐待、傲慢者凌辱，
忍受失恋的痛苦、法庭的拖延、
衙门的横暴，做埋头苦干的大才、
受作威作福的小人一脚踢出去，
如果他只消自己来使一下尖刀
就可以得到解脱啊？谁甘心挑担子，
拖着疲累的生命，呻吟，流汗，
要不是怕一死就去了没有人回来的
那个从未发现的国土，怕那边
还不知会怎样，因此意志动摇了，
因此便宁愿忍受目前的灾殃，
而不愿投奔另一些未知的苦难？
这样子，顾虑使我们都成了懦夫，
也就这样子，决断决行的本色

70　多弗·威尔孙提醒这里和第二幕第二场里的鞭打“游民”等说法，有同样来源。

蒙上了惨白的一层思虑的病容；
本可以轰轰烈烈的大作大为，
由于这一点想不通，就出了别扭，
失去了行动的名分。啊，别作声！
美丽的莪菲丽亚！——女神，你做祷告
别忘掉也替我忏悔罪恶。

莪　　　　　　　　殿下，
最近这一向殿下贵体如何？

哈　多谢小姐，很好，很好，很好。

莪　殿下，我身边有一些殿下的纪念品，
我许久以来一直想拿来奉还，
现在请殿下收回吧。

哈　　　　　　　　不，我不收；
我从未送过你什么。

莪　尊贵的殿下该分明知道是送过的；
殿下还附带说过些甜言蜜语

91　莪菲丽亚在这一场上半节的言行都是出于她父亲的命令，而且疑心哈姆雷特真的疯了，以为大家安排她试探他，真是为了要探出他的病源，以便对症下药。

使礼物变得更贵重呢。香味变了，
东西就收回吧；因为送的人一变心，
重礼也变轻，受的人有骨气，不领情。
拿去吧，殿下。

哈　哈，哈！你贞洁吗？

莪　殿下？

哈　你美丽吗？

莪　殿下是什么意思呀？

哈　我是说如果你是又贞洁又美丽，那么你的贞洁就不该容许跟你的美丽有所交往。

101　“这一句故作警辟的议论，出诸韵语，显得先有准备的样子。而这种莫须有的责人无情，又从哪儿来的？她没有在波乐纽斯面前预演过一番她的戏吗？”（陶顿）

103　多弗·威尔孙指出，此下语调一变，实由于哈姆雷特无意中听出了人家的诡计。“莪菲丽亚把自己的戏做过了分；实际上不是他抛弃了她，而是她抛弃了他。”她随身带好了要退还的珠宝，也使哈姆雷特看穿了把戏。“他现在有所戒备，他知道国王和波乐纽斯在偷听，他在这一场里往后所说的话就是存心说给他们听的，虽然，‘情不自禁’，他到临了又越过了目标。他现在开始用‘鱼贩子’语调了。”

108　哈姆雷特的意思是，“你的贞洁就不容许任何人跟你的美丽有所交往”，进一步也可如多弗·威尔孙所说，“你的淑德就该更好的持守你的美丽，不使它受人利用来这样勾引别人”。下文，莪菲丽亚听成了“贞洁不能与美丽互相来往”，哈姆雷特就随她如此误解。

莪　殿下，难道美丽，除了跟贞洁以外，还能有什么更好的交往吗？

哈　嗯，真的；因为美丽的力量倒容易把贞洁点化成淫荡，贞洁的力量可难于把美丽改成了象它自己的样子。这本来是一种怪论，可是现在时势却让它得到了证明。我从前的确爱过你。

莪　真的，殿下曾经使我相信是这样的。

哈　你不应该相信我；因为贞洁不可能在我们的老干上接新枝而使我们不发出陈旧的气味。我从前不曾爱过你。

莪　那么我就更加是受骗了。

哈　你去进尼姑庵吧；你为什么要养出一大堆罪人来呢？我自己是相当洁身自好的；可是我还能指出我的许多罪名，真害得我但愿我的母亲当初还是不要生我出来的好。我非常骄傲，有仇必报，野心勃勃；随时都在转的大逆不道的念头，多得叫我的头脑都装它们不下，叫我的想象力都想不尽它们的形形色色，叫我找不到时间来把它们一一实行哩。象我这

117　在哈姆雷特当时的心情下，世界都证明是这么坏，一切好事都是虚伪，他也可以认为他过去对莪菲丽亚的爱也不是真爱。而波乐纽斯也说过他的爱不是真爱。

119　“尼姑庵”也可如英国当时行话中所说，指妓院（多弗·威尔孙）。

种家伙，乱爬在天地之间，有什么事好做呢？我们都是十足的流氓；一个也不要相信我们。你去进尼姑庵吧。你的父亲在哪儿？

莪　在家里，殿下。

哈　把他关起来，只让他在家里胡闹，别让他出来当傻瓜。再见。

莪　啊，神明的天啊，救救他吧！

哈　如果你一定要出嫁，我就把这一个诅咒送给你当嫁粧：尽管你象冰一样坚贞，雪一样纯洁，你还是逃不掉受尽诽谤！你去进尼姑庵。去，再见。如果你一定要出嫁，那就嫁给一个傻瓜吧；因为聪明人都清清楚楚的知道你们会叫他们变成什么样的怪物。进尼姑庵吧，去；快去。再见。

莪　天上的神明啊，把他挽救过来吧！

哈　我也知道你们会怎样的涂脂抹粉，太清楚了。上帝给你们一张脸，你们又给自己另外造一张。你们走起路来扭扭捏捏，说起话来娇声娇气，替上帝创造出来的生物乱取怪名字，装腔作

127　舞台惯例，在这个场合，常使波乐纽斯，在哈姆雷特背后，从帏后，略一伸头，一听哈姆雷特问到他在哪里，立即缩回。但他不必伸出头来，听到这里，仅使帏幕一动也可以。

势，假托不懂事。得了吧，我再不想领教了；这已经害得我发疯了。我说，我们再不要结什么婚了。已经结了婚的，除了一个人，都可以准许活下去，没有结婚的，就只许保持目前的状态。进尼姑庵吧，去。〔下。

莪　啊，一世的英才就这样坍倒了！
朝廷人士的眼睛、学者的舌头、
军人的利剑、国家的期望和花朵、
风流时尚的镜子、文雅的典范、
举世瞩目的中心，倒了，全倒了！
我呢，妇女中最伤心、悲惨的女子，
从他盟誓的音乐里吸取过甜蜜，
如今却看着他高贵无上的理智
好象银铃儿搅乱了，失去了和谐；
看着他青春年少的无比的风貌
叫疯狂一下子摧折了！啊，我好苦啊，
看见了昨日，偏偏又看见今朝！

143　威胁克罗迪斯。

144　终于下场，前边已经两次说了“再见”，准备下场，装疯和激动中重又回来说一阵。

国王与波乐纽斯上。

王　恋爱？他不是朝这面发泄感情的；
他说的，虽然有点儿语无伦次，
也不象是疯话。他显然另外有心事
叫他的忧郁在心头伏窝孵卵；
我实在担心孵出来不是别的，
是一种危险；为了预防不测，
我已经当机立断，下了决心，
一定要这么办：立刻打发他去英国，
去催收久未向我们缴纳的贡品。
出洋过海，跑跑不同的国度，
看看新鲜的事物，也许会排除掉
这种老是盘据他心头的心事，
叫他的脑筋不再老是盘算它，
害得他疯头疯脑。你以为怎么样？
波　那当然很好。可是我还是相信
他这种苦恼的根源，推究起来，
到底还是失恋。——怎么样，莪菲丽亚？

你不用告诉我们殿下怎么说；
我们全听见了。——陛下就那么办吧。
陛下如认为妥当，看戏以后，
却不妨让他的母后单独叫他去
倾吐心事。请母亲干脆问问他；
我愿得陛下许可，躲在一边，
听他们密谈。再要是探不出真情，
就派他去英国；或者凭陛下的高见，
关他在哪一个合适的地方。

王　　好。
大人物发疯，一定得把他们看牢。

〔同下。

第二场　城堡中大厅。

哈姆雷特与伶人三数名上。

哈　念这段台词，我请你们，要念得象我念给你们听的那样，轻溜溜的，从舌尖上吐出来。要是你们把它从喉咙里吼出来，象许多演戏的惯常做的那样呢，我倒宁愿叫宣布告示的公差来念我的词句了。也千万不要老是用手把空气劈来劈去，象这样子，而是要用得非常文静；要知道，就是在你们热情横溢的激流当中，雷雨当中，我简直要说是旋风当中，你们也必须争取到拿得出一种节制，好做到珠圆玉润。噢，我深恶痛绝，要我的命也讨厌听一个头戴假发的家伙在台上大叫大嚷，把一股热情撕成了片片，撕得粉碎，拼命去震裂“站场”听众的耳鼓，因为这班人当中大多数是什么也不懂，只赏识莫名其妙的手势戏和热闹。我着实要把这样的家伙抽一顿鞭子才痛快，因为他把泰玛刚特的火性子演过了火。这叫做“演希律，超希律”——火上加油。请你们务必要避免这一点。

伶人甲　殿下放心。

哈　也不要太平板了；可以拜你们自己酌量行事的见识做自己的导师。用动作配合字句，用字句配合动作；特别要注意一

10　当时英国戏院的池子，上无顶盖，一般并无座位，只供伫立看戏，票价最廉。

12、13　泰玛刚特（Termagant），基督徒假想的回教神祇，希律（Herod），耶稣诞生时的犹太暴君，二者在英国旧日宗教剧中是常见的角色，都以狂暴出名。为了读者（观众）不看注也大致有点印象，译者在此加上了“的火性子”和“火上加油”。

点，你们切不可越出自然的分寸：因为无论哪一点这样子做过了分，就是违背了演剧的目的，该知道演戏的目的，从前也好，现在也好，都是仿佛要给自然照一面镜子；给德行看一看自己的面貌，给荒唐看一看自己的姿态，给时代和社会看一看自己的形象和印记。要是表演得过火了，或者是拖泥带水了，尽管会博得外行人开怀，只能使明眼人痛心；你们把这种行家里面一个人的意见必须估计到重于一院子其他听众的信口雌黄。噢，着实有一些演员，我看过演戏的，也听到别人捧过的，捧上了天的，可真是，说一句倒不是对上帝不敬的话，说起话来不象文明人，走起路来既不象文明人也不象野蛮人，简直不象人，那样的大摇大摆，吼啊叫啊，害得我几乎要相信倒是大自然临时雇来的什么笨工匠造出了人，没有把他们造好，要不然他们何至于模仿人生模仿到这么令人恶心啊！

伶人甲　殿下，我相信我们已经把这一点相当改正过来了。

哈　噢，要彻头彻尾改正过来！还有你们那些演丑角的，只许念剧本上写下的说白，不要临时添花样。他们中间往往有人就爱在台上自己先笑出来，逗引少数没有头脑的听众也哄

27　照字面直译“文明人”应为“基督徒”，“野蛮人”应为“异教徒”。

笑一番，全不管那时候戏里正好有紧要问题要大家注意哩。这种行径是极端可恶的，也表示这样胡闹的小丑抱了最可鄙的野心。你们去准备吧。

〔伶人下。

波乐纽斯、罗森克兰兹及纪尔顿斯丹上。

怎么样，大人？王上愿意来听这出好戏吗？

波　王后娘娘也要来听，马上就要来了。

哈　叫戏子们赶快吧。

〔波乐纽斯下。

你们两位也去帮他催一催，好吗？

罗、纪　是，殿下。

〔同下。

哈　喂，霍拉旭！

霍拉旭上。

霍　有，殿下。

哈　霍拉旭，我有生以来交结过不少人，
就数你是一个最方正不移的朋友。
霍　噢，殿下。
哈　　　　　　别以为我是在恭维你；
因为我能指望你提拔我什么，
你自己就身无长物，只有靠好精神
穿衣吃饭呀？为什么要恭维穷人呢？
不，让甜嘴去舐荒唐的豪华吧，
让关节灵活的膝盖跪下去拍开
谄媚生财的门路吧。你听清了没有？
自从我亲爱的灵魂会自己选择、
会鉴别人物以来，它就挑中你，
打好了记号。因为你始终一贯，
遭受一切而不受半点伤痛，
无论受命运的打击或是照拂
你都能处之泰然，同样谢谢。
有福的是感情和理智相称的一种人，
他们并不做命运所吹弄的笛子
随她的手指唱调子。只要我看见谁

不是感情的奴隶，我就要把他
珍藏在心坎里，哎，心坎的心坎里，
就象我珍爱你一样。这不必多说了。
今晚要对着国王上演一出戏；
里面有一场就同我对你讲过的
我父亲死难的情形有点相似。
你看见那个情节演出的时候，
我请你集中全副精神来注意
我的叔父。如果他隐藏的罪恶，
听到了一段话，还并不露出痕迹呢，
那么我们看见的准是个恶鬼，
我的想象也就是乌七八糟，
赛过乌尔干的作坊了。好好注意他；
我自己也要把眼睛钉在他脸上，
过后我们要对证观察的结果，
给他下一个判断。

霍　　好，殿下。

演戏的时候，如果他偷露出什么

76　乌尔干（Vulcan）是罗马神话中的铁匠神。

而没有被抓住，我甘愿负失窃之罪。

〔内喇叭铜鼓齐鸣。

哈　他们来看戏了。我得装疯癫的样子。你找个地方坐下吧。

国王、王后、波乐纽斯、莪菲丽亚、罗森克兰兹、纪尔顿斯丹、其他廷臣及众卫士上。

王　哈姆雷特贤侄，你过得好吗？

哈　挺有味道；一日三餐都是变色蜥蜴的饮食。我吃的是空气，给空话填满了肚子。要拿来喂蠢鸭子，可喂不肥。

王　你是所答非所问，哈姆雷特。这些话与我无干。

哈　现在也与我无干了。〔对波乐纽斯〕大人，你说你从前在大学里演过戏吗？

波　演过的，殿下，我还算是一个挺好的演员哪。

哈　你演过什么角色？

85、86　传说变色蜥蜴只吃空气。鸭子（原文是小公鸡）是“填”肥来宰的，也代表愚蠢。多弗·威尔孙解释哈姆雷特等于说：“即使鸭子（原文小公鸡）也不会蠢到吃空气长得胖。”

88　话说出去，也就与说话人无干了。

波　我演过久理斯·恺撒；我在天王大殿里被杀；勃鲁塔斯杀了我。

哈　他真“鲁”莽啊，杀了“天大”的一头好牛。戏子们准备好了吗？

罗　好了，只等殿下的吩咐。

后　过来，我的好哈姆雷特，坐在我旁边。

哈　对不住，好母亲。这里有吸引力更大的宝贝。

波　〔对国王〕噢，呵！陛下看见吗？

哈　小姐，我可以躺在你的膝盖中间吗？

莪　不，殿下。

哈　我是说，把头枕在你的膝盖上面。

莪　嗯，殿下。

〔哈姆雷特倚坐莪菲丽亚足前。

哈　你想到我是说野话吗？

莪　我什么也不想，殿下。

哈　躺在姑娘们的腿中间倒是挺美的想法。

95　哈姆雷特把波乐纽斯开起玩笑来多半总是说这类俗滥的笑话，可以说对什么人说什么话，恰合波乐纽斯身份，同时，正因为说得不大高妙，不合哈姆雷特身份，更易使波乐纽斯等相信他真是疯了。

莪　什么，殿下？

哈　没有什么。

莪　殿下真爱开玩笑呢。

哈　谁，我？

莪　嗯，殿下。

哈　天啊，我是你的独一无二的说笑专家。一个人除了说说笑笑，该做什么呢？你看我的母亲就多么高高兴兴，而我的父亲还只死了两个钟头哩。

莪　不，已经是两个月再加两个月了。

哈　这么久了？嗯，那就让魔鬼去穿孝吧，因为我就要做一套貂皮新衣服了。我的天，死了两个月还没有忘记吗？那么，一个大人物死了以后，还有希望在人家的记忆里多活半年。我敢发誓，他可一定得盖造一些教堂，要不然他就受不到人家的追念，做了五月节的柳条马，因为这个货色的墓志铭是有名的“因为噢，因为噢，柳条马给忘掉了”。

120、121　“柳条马”是英国古时乡村五月节日，特别在摩理斯舞中，照例有人骑着玩的。这个名词也含“婊子”意。“因为噢，因为噢，柳条马给忘掉了”是当时流行谣曲里的一句常被引来开玩笑的叠句。

高音笛奏乐。哑剧开场。*

一国王与一王后同上，状甚亲热，相互拥抱。王后跪地，向国王作表明心迹状。国王扶王后起立，偎王后颈。国王就花坪偃卧。王后见国王入睡，自下。一男子上，自国王头上除冕，吻冕，向国王耳中注毒药，下。王后重上，见国王身死，作哀恸状。下毒者偕三数从者重上，佯作陪王后哀悼状。从者舁尸下。下毒者向王后献礼，求爱；王后初作憎恶不愿状，终许其请。

〔同下。

莪　这是什么意思，殿下？

哈　咦，这是鬼鬼祟祟，没有好事。

---

* 关于戏中戏前，先演哑剧，用意何在，各家说法不一。有人说克罗迪斯非常顽强，哈姆雷特试探心切，为求保险起见，不惜把“捕鼠机”设下两关，下文克罗迪斯对“情节里有要不得的地方”的顾虑，无非是深恐这个题目会在后边的戏文里明白演出说出。有人说哑剧演出时，克罗迪斯与别人正在私语，并未注意。多弗·威尔孙即据后说，在这一场里，处处说明克罗迪斯先与波乐纽斯，继与王后，作耳语，注意哈姆雷特本人，而不注意哑剧；他也解释哑剧及其后的开场白，都是未经哈姆雷特同意，因伶人自作聪明，想多讨好，自己加上的，因此哈姆雷特在与莪菲丽亚谈话中说的生气话，实际上是骂他们胡闹，直到开场白说三句就完了，才放了心。吉特立其，除回到前说外，还为哑剧加上一个存在理由：哑剧可以使观众少注意人物，多注意情节。

莪　也许这表示戏文的情节。

一伶人上，致开场白。

哈　这个家伙会告诉我们的。戏子总不能保守秘密；他们会把什么话都讲出来。

莪　他会告诉我们这场哑剧是什么意思吗？

哈　嗯，你给他搬得出什么，他就说得出什么。只要你好意思做出来，他就不会不好意思告诉你那是什么意思。

莪　殿下真淘气，殿下真淘气！我要看我的戏。

伶人　〔开场白〕

今晚来献丑，上演悲剧，
先向各位来把躬一鞠，
请宽宏大量，看到结局。　〔下。

哈　这算是开场白呢，还是指环上的诗铭？

莪　太短了，殿下。

哈　就象女人的爱情。

二伶人分扮国王与王后上。

伶王

“金乌”流转，一转眼三十周年，
临照过几番沧海，几度桑田，
三十打“玉兔”借来了一片清辉，
环绕过地球三百又六十来回，
还记得当时真个是两情缱绻，
承月老作合，结下了金玉良缘。

伶后

愿日月周游，再历尽三十春秋，
你我的情爱也不会就此罢休！
目前只可怜夫君这般多病，
无精打采，全不见往日的豪兴，
好教人愁煞！所幸，我少见多怪，
夫君是明白人，大可以不必介怀；

137　莎士比亚显然为了使戏中戏的诗句与《哈姆雷特》剧本本文的诗句，对照鲜明，不易互相混淆，正如第二幕引词中用史诗风格，在这里一直到戏中戏终了，用双行押韵办法，而且使字句俗滥，特别在开头的时候，例如两行里就用出了“飞白斯宝辇”指太阳，“奈浦统盐涛”指海，“泰勒斯圆球”指地（译文只好改用些中国滥调，例如用“金乌”指日，“玉兔”指月，用“月老”代原文“亥门”）。莎士比亚当时一般人还相信“日绕地球”说。

女人的忧虑和爱情总斤斤较量，
要少，都没有，要有，全多到非常。
我对你情爱太深，你早有所知，
我为你牵肠挂肚，也理应如此。
情爱一深，小怪会变成大惊，
小怪成大惊，爱情便大到极顶。

伶王

爱妻须知，我诚恐即将辞世，
我的精力愈来愈不济事。
你该在花花世界里安享天年，
受人敬爱；倘一朝有缘得见
另一位如意郎君——

伶后

哎呀，带住！
谁这样恋爱该就是负心的娼妇！
要再嫁丈夫，活该我受尽诅咒！
再嫁的就是谋杀亲夫的凶手！

哈〔旁白〕

苦黄连，苦黄连！

伶后

我敢说死了丈夫还要结亲，
是转了世俗的念头，不是多情。
我若叫第二个丈夫在床上吻抱，
就是把已故的丈夫再砍上一刀。

伶王

我深信不疑，你说话是出于真心，
只可惜我们常推翻自己的决定。
我们的主意无非是记忆的奴隶，
生下来顽强，行起来有气无力；
果子还青呢，在树上钉得真牢，
一朝成熟了，不摇它，自己会掉。
我们对自己欠下了什么大债，
最好都抛在脑后，不必去理睬。
我们在一时的激动里许下了誓愿，
热情淡掉了，意志就烟消云散。
无论悲欢，发作得过分强烈，

168—197　这段话原文也与戏中戏里其他对白部分风格稍有不同。

都会摧毁了自己实行的气节。
欢天喜地会带来痛哭流泪，
一转眼悲转为欢，欢转为悲。
人世是变幻无常的，也不必见怪
爱憎总是随时运变去变来，
是运随爱转呢还是爱逐运移，
这是个还需要证明来解决的问题。
大人物一倒，他的嬖幸都跑了，
穷酸一得志，跟他的仇敌都要好了；
从古到今只有爱侍候幸运，
富有的从来不缺少朋友来照应，
你要在穷困里找上虚伪的朋友，
他会翻眼无情，变你的对头。
可是我还是把话题说回来才是，
意志和命运确乎常背道而驰，
我们打算来打算去，到头是落空，
想法是我们的，结果是在人家手中。
你以为自己决不嫁第二个丈夫，
只怕，我一死，想法也发生了变故。

伶后

地不要给我粮食，天不要给我光，
昼不要让我作乐，夜不要让我躺，
活该我希望变绝望，靠托变抛弃，
黑牢里一张冷板凳做我的天地，
活该我处处碰壁，事事遭殃，
重重心愿变成了重重魔障，
活该我生前死后永不翻身，
如果我做了寡妇还要嫁人！

哈　现在可不要背了誓啊！

伶王

难为你发了深誓。请爱妻且回。
我颇感神思昏倦，想就此小睡，
将息片刻。　〔睡。

伶后　愿你能养神安卧，
你我之间决不会飞来横祸！　〔下。

哈　母亲，你觉得这出戏怎么样？

后　我觉得那个女人表明心迹，未免过分了。

哈　噢，可是她会守信的。

王　你听说了情节吗？里面没有什么要不得的地方吗？

哈　没有，没有！他们只是开玩笑，下毒药开玩笑；一点也没有要不得的地方。

王　你说戏名叫什么？

哈　“捕鼠机”。呃，怎么？打比喻说法。这出戏表演维也纳的一件谋杀案。贡扎果是当地大公爵的名字；他的夫人叫芭普蒂丝妲。陛下回头就可以看明白的。这是个恶作剧的杰作；可是有什么要紧呢？陛下和我们都是没有做过亏心事的，伤不到我们半根毫毛。让皮破肉绽的拐腿马惊它的；我们的脊梁上并没有痛痒。

一伶人扮路西安纳斯上。

这个人名叫路西安纳斯，是国王的侄儿。

莪　殿下是好一个说明人啊！

哈　要是我看见你和你的情人要你们的傀儡把戏，我也会替你们说明情节。

莪　殿下真尖刻，殿下真尖刻。

哈　你们得先叫痛，才锉得了我的锋利。

莪　更妙了，更糟了。

哈　妙也好，糟也好，你们嫁出去总是亏待丈夫。——动手吧，凶手。倒霉蛋，别扮你的鬼脸了，动手！来；哇哇叫的大老鸹喊着要报仇了。

路　心黑，手巧，药也灵，时候也方便哩；
机会也跟我串通，没有人看见哩；
毒药啊，半夜里采毒草，炼得你毒透了，
念三遍黑开娣恶咒，咒得你恶透了，
现在就发挥你魔力，使出你凶劲吧。
一下子整个儿夺去他健全的生命吧！

〔以毒药注睡者耳。

哈　他在花园里毒死他，为了要篡夺他的权位家私。被害者的名字叫贡扎果。故事原文还没有失传，用的是一手极好的意大利文。底下就可以看到凶手怎样得到了贡扎果夫人的

231、232　或照“第一四开本”，译作“妙也好，糟也好，你们总得嫁丈夫”。

233　关于老鸹喊报仇的一句话节引自《理查第三》旧悲剧。

237　黑开娣（Hecate），主黑夜、鬼魅，司魔法妖术的女神。

爱情。

莪　王上站起来了。

哈　怎么，叫一场花炮吓坏了？

后　陛下怎么样了？

波　戏不要演了。

王　给我照路！走！

波　火把，火把，火把！

〔众下，仅留哈姆雷特与霍拉旭。

哈　嗨，

中箭的梅花鹿，让它去掉泪，

没有受伤的来欢跳；

有些人要失眠，有些人就酣睡：

这就是人情和世道。

怎么样，老兄，凭我这点本领，头上再插他一大簇羽毛，开缝的靴子上再缀他两大朵绢花，要是我日后的运道再跟我翻脸作对呢，我不可以在一帮戏子里头混一口饭吃吗，老兄？

霍　可以分半份包银。

哈　我要全份！

要知道本来啊简直是天神
  统治的这一片江山，
如今啊王位上坐的是什么人？
  一个大大的——孔雀。

霍　殿下该押了韵才是。

哈　我的霍拉旭，鬼魂的话真叫我千金也不换了。你看见了吗？

霍　看得很清楚，殿下。

哈　在听到说下毒的时候吗？

霍　我一点也没有放过。

罗森克兰兹与纪尔顿斯丹上。*

哈　啊，哈！〔背转向内〕来一点音乐！来两管笛子！
　　如果说国王啊不喜欢这一出喜剧，

---

* 二人登场时间照“第一对折本”，排在这里（比一般现代版本移前四行），以示哈姆雷特为何忽然大笑，且表明他存心不理二人，只顾喊奏乐。

264　孔雀在莎士比亚当时的博物学中以性淫且暴著称。

265　押上韵该是“浑蛋”。

271　动作大致照多弗·威尔孙办法加上。

当然了，他就是不喜欢它呀，真绝！

来啊，来一点音乐！

纪　殿下，请允许我说一句话。

哈　好，尽管讲整整一大部历史吧。

纪　殿下，王上——

哈　嗯，先生，王上怎么样？

纪　他退回寝宫，感到非常不舒服。

哈　喝酒喝醉了？

纪　不，殿下，肝火发了。

哈　你该去找他的医生，才显得你见多识广；要叫我去给他下药，只怕清涤不了他的内结，反而更加激动了他的肝火。

纪　殿下，说话请检点些，别这样跑野马，拉扯得太远了。

哈　我是服服贴贴的，先生；宣布吧。

纪　王后娘娘，殿下的母亲，心里非常难过，派我来找殿下。

哈　欢迎得很。

纪　不，殿下，这种礼貌实在是要不得。要是殿下愿意给我一个好好的回答，我就传达殿下母亲的懿旨；要不然，请殿下原谅，就让我回去，事情算完了。

哈　先生，我不能。

纪　不能什么，殿下？

哈　不能给你一个好好的回答；我的头脑出了毛病。可是，先生，凡是我所能作的回答，我都可以拿出来应命，或者照你说来，我该说应我母亲的命。那么闲话少说，言归正传！我的母亲，你说——

罗　她这样说：你的行为使她又惊又怪。

哈　噢，惊人的好儿子，居然能惊动母亲！可是母亲的这点见怪以后没有下文吗？说吧。

罗　她想在殿下就寝以前，同殿下在她的房间里谈谈。

哈　即使她十次重新做我的母亲，我也一定服从。你还有什么事情吗？

罗　殿下，我还记得曾蒙殿下见爱呢。

哈　我对你仍然如此，就凭我这双扒手的爪子起誓！

罗　殿下心里究竟有什么不痛快，为什么原因？殿下倘若不把心事向老朋友和盘托出，只怕一定会把自己的自由都关在门外了。

哈　老兄，我上进不了呀。

罗　怎么会这样呢，王上不是亲口宣布立殿下为丹麦王位的继承人了吗？

哈　不错，只可惜“等到草长足，瘦马变枯骨”，这句老话已经说成了滥调了。

伶人若干持笛上。

噢，笛子来了！拿一管给我。我们过一边去说话——为什么你们老是想方设法，要绕到我的上风头，好象要把我赶进罗网呢？

纪　噢，殿下，如果我热心太过火，说话太放肆，都因为我对殿下敬爱太深。

哈　我不大懂你的意思。你愿意吹吹这笛子吗？

纪　殿下，我不会吹。

哈　我请你。

纪　我真的不会吹。

哈　我一定请你。

纪　我真的一点也不会吹，殿下。

哈　这就跟说谎一样的容易。你只要用手指在这些孔眼上一

311　或译作“只可惜这是‘远水’——”，象原文一样，留下下文“不救近火”不说。

按一放，用嘴给它一吹气，它就发出最好听的音乐。你看，这些是音孔。

纪　可是我不会把它们吹出和谐的调子。我没有这点本事。

哈　好，现在你看，你们把我当成什么一个不值钱的东西！你们要玩弄我；你们要自充摸到了我的心窍；你们要探出我心里的秘密；你们要从我的最低音试到我的最高音，这枝小小的管子里明明藏得有声音，极妙的音乐，可是你们并不能叫它开口。哼，活见鬼，你们以为我比一管笛子还容易吹弄吗？随你们叫我是什么乐器吧，你们只能撩拨我，可不能玩弄我。

波乐纽斯上。

上帝祝福你，先生！

波　殿下，娘娘要同殿下说话，请立刻就去。

哈　你看见那边这朵云有点象一头骆驼吗？

波　可不是，真象一头骆驼哩。

哈　我看倒是象一只鼬鼠。

波　弓起了背，正象一只鼬鼠。

哈　还是象一条鲸鱼。

波　很象一条鲸鱼。

哈　那么我一会儿就来见母亲。〔旁白〕他们把我愚弄到忍无可忍了。——我一会儿就来。

波　我就去这么说。

〔波乐纽斯，罗森克兰兹及纪尔顿斯丹下。

哈　“一会儿”是容易说的。——朋友们，请走吧。

〔众下，仅留哈姆雷特。

现在是一夜里最阴森可怕的时分，
坟墓会张嘴，地狱会吐出毒气
来玷污人世；我简直喝得下热血，
干得出青天白日所不敢正视的
狠极的勾当了！慢点！先去找母亲！
我的心可不要迷失本性；不要让
尼禄的灵魂钻进我坚定的胸怀。
我尽管凶狠，可不要变成忤逆；
我对她，口要出利剑，手不用尖刀。

353　尼禄（Nero）是古罗马杀母暴君。

我就在这一件事情上表里不一吧：
我的话尽管骂得她体无完肤，
我的心决不要容许伤她的意图！　〔下。

第三场　城堡中一室。*

国王、罗森克兰兹及纪尔顿斯丹上。

王　我不喜欢他，纵容他发疯胡闹
也于我不利。你们赶快准备吧：
我马上就要给你们发下训令，
我要打发他跟你们一块儿去英国。
国家要得到治理，决不能容忍
他这样近在身旁，发他的疯癫，
一天天变成威胁。
纪　　　　　　　　我们去准备。
这一种顾虑实在是最圣明不过的，

* 多弗·威尔孙认为本场地点即是走廊，外通接待室。

多少生灵都寄托在陛下一身，
这就是为了大家的安危着想。
罗　随便哪一个不相干的匹夫匹妇
都知道费尽心机，用尽心力
来远避祸患，保全自己；何况
身负重任、千万人生命所寄的
一国的首脑呀。一位君王的薨逝
不仅是死了一个人，而是象大漩涡
卷去了近旁的一切。这是个大轮盘，
装在最高的山峰上，最高的极顶上，
就在它极大的轮辐上，千孔百眼
装上了千万种零件；它一旦崩倒了，
所有的附属品，小东西，在轰然一响里
都跟了一齐粉碎。国王要轻轻
叹出一口气，就带来全国的呻吟。
王　我请你们就准备立即出发；
我们要把这种威胁加上脚镣，
不让它行动太自由了。

罗、纪　　　　　　　　　　　我们赶紧办。

〔同下。

波乐纽斯上。

波　陛下，他正要上他母亲的房里去。
我就去躲在那里的帏幕后面，
听他们谈话。她准会痛训他一番；
但是陛下说得真是高明，
做娘的出于本性，难免偏私，
最好有一个第三者在旁偷听
他们的谈话。回头再见了，陛下。
在陛下就寝以前，我再来看望，
向陛下报告情形。

王　　　　　　　　　　　谢谢你，贤卿。

〔波乐纽斯下。

啊，我的罪恶是臭气熏天了；

我受了深重的最古最老的诅咒，
因为犯杀兄的罪行！我不能祷告，
尽管我的愿望和意志一样强：
更强的罪孽打败了坚强的意愿，
就象一个人必须做双重的事情，
我不知先做哪一样，缩手缩脚，
两头落了空。怎么，这一只毒手
就涂上弟兄的鲜血，厚过了手背，
难道天上的甘霖不能洗得它
雪一样洁白吗？慈悲有什么用场呢，
要不是用来照临罪孽的脸面？
难道祷告不是有这两重作用吗：
一方面预先防止我们的堕落，
一方面赦宥罪行。我还是求天吧，
我的过失已经是过去事。可是唉！
我怎样祷告呢？“赦免我恶毒的杀人罪”？
这可不行；因为我仍然占有着

37、38　指《旧约·创世记》所载该隐（Cain）杀兄受上帝诅咒事。

那些使我动了杀机的东西——
我的王冠，我的野心和王后。
一个人坚守着罪赃能得到宽宥吗？
在我们人世的贪污腐败的潮流里，
罪恶，在手上镀了金，会推开公道，
常见到邪恶的赃物正好用来
买掉法律；天上可并非如此。
那里可不能偷天换日，犯什么
就显出什么面目，我们不能不
直对着自己的罪行的那副嘴脸，
当面作证。怎么好？还能怎样呢？
试一下忏悔吧。忏悔可不是万能吗？
可是我不能忏悔，这又能怎样呢？
可怜的处境！死一样漆黑的胸怀！
黏上了胶的灵魂，越是挣扎，
越不能脱身！天使们，救救我！试试吧；
硬膝盖，屈下来；钢丝绷紧的心肠
软下来，赛过初生幼儿的嫩筋络！
一切还可能好转啊。　　〔下跪。

哈姆雷特上。

哈　现在我正好动手，他正在祷告。
我现在就干；他就一命归天，
我也就报了仇了。这需要算一算。
一个恶汉杀死了我的父亲，
我这个独生子把这个恶汉却送上
天堂。
噢，这倒是报德，不是报仇！
他偷杀我父亲，是趁他满肚是俗念，
孽火正旺，象五月花开的时候；
天知道他死后怎样算生前的一笔帐！
可是照我们人世的想法看来，
他的孽债该很重；我现在解决他
却是趁他正在把灵魂洗涤清净、
准备成熟的时候，这能算报仇吗？
不。
收起来，我的剑；等一个更凶的机会，
等到他喝得烂醉了，等到他在发怒，

等到他在床上放纵乱伦的欲情，
等到他在赌博，在诅咒，或者在干什么
一点也没有得救希望的勾当——
那才砍倒他，叫他的两脚跟踢着天，
叫他的灵魂象地狱一样的漆黑，
直滚进地狱。我的母亲在等待。
这道药无非是延长你百病千灾。 〔下。

王 〔起立〕

我的话飞上去，我的心还留在地面。
无心的空话永远也飞不上天。 〔下。

第四场　王后寝宫。

王后与波乐纽斯上。

波　他就来。娘娘要好好教训他一顿；
对他说他已经胡闹到无法无天了，

多亏得娘娘来替他居中挡开了
上边的雷霆哪。我就在这儿静听。
千万要对他不客气。

哈 〔自内〕
母亲，母亲，母亲！

后 我一定这么办；
你放心。赶快躲开，我听见他来了。

〔波乐纽斯匿身帏后。

哈姆雷特上。

哈 母亲，有什么事情？

后 哈姆雷特，你把你父亲大大得罪了。

哈 母亲，你把我父亲大大得罪了。

后 好了，好了，你答话总是瞎扯。

哈 得了，得了，你问话总是胡说。

后 喂，怎么了，哈姆雷特？

哈 要我怎么样？

后 你忘记我了吗？

哈　　　　　　　　没有，我发誓没有：
你是王后，你丈夫的兄弟的妻室；
你也是——我但愿不是！——我的母亲。
后　那么好，我去叫会说话的来跟你说话。
哈　别走，别走，坐下来。一动也不要动！
我要先在你面前竖一面镜子，
叫你看一看你自己内心的面貌。
后　你要干什么？你不是要来杀害我？
救命啊，救命！
波　〔自帏后〕　　　噢，救命啊，救命！
哈　〔拔剑〕
怎么？是一只耗子？我保你，死！　　　　〔刺剑穿帏。
波　〔自帏后〕
啊，我死了。　　　　　　　　　　　　〔倒毙。
后　　　　　　　　我的天，你干出了什么事了？
哈　哼，我可不知道。那不是国王吗？
后　啊，好一桩鲁莽和血腥的行为啊！
哈　血腥的行为！坏得很，不错，好母亲，
不差如杀一位国王、嫁他的兄弟。

后　杀一位国王？

哈　　　　　　　　　嗯，我就是这么说。

〔揭帏见是波乐纽斯。

你这个鲁莽、多事的倒霉蛋，再见了！
我还当是你的主子哩。你自认晦气吧。
你现在该知道管闲事可有点危险。

〔对王后〕

你也不要尽扭着一双手。坐下来！
让我来扭动你的心；我就要这样办，
只要你的心还不是石头做成的，
只要该死的习气，象铜墙铁壁，
还不曾裹得它透不进半点感情。

后　我做了什么事，你胆敢这样放肆，
粗声大气乱骂人？

哈　　　　　　　　　　　你干的好事
十足使贤慧的美貌和羞颜玷污了；
使贞节变成了假正经；使真情实爱的
美好的头额上失去了玫瑰的光彩，
换上个烙印的疮疤；使结婚宣誓

变得象赌钱发咒一样的虚伪！
啊，这一种行径直等于把盟约
挖去了灵魂，等于把神圣的说教
改成了一派胡言！天都脸红了；
是啊，脚底下这一片茫茫大地
也愁容满面，象见了世界的末日了：
就为的这等事！
后　　　　　　　　哎呀，究竟是什么事
闹得这么凶，一开场就尽打锣鼓啊？
哈　看这儿，这一幅图画，再看这一幅，
这兄弟二人的两幅写真的画像。
这一副面貌有多么高雅的丰采：
一头海庇亮鬈发，头额是乔武的，
一对叱咤风云的玛尔斯眼睛，
身段架子十足象神使迈格利
刚刚降落在一座摩天的高峰上；
全部是一副十全十美的仪表，

55—57　海庇亮，太阳神，注见第一幕第二场，乔武（Jove），天神之长；玛尔斯（Mars），战神；迈格利（Mercury），神使，如文中说明。

仿佛每一位天神都打过印记、
拿出来向世界宣布说这才是一个“人”！
这是你原先的丈夫。再看这一个。
这是你现在的丈夫，象一个灰麦穗
损害它健好的弟兄。你有眼睛吗？
你怎么不在这大好的青山上吃草，
反到这洼地来喝臭水？你真有眼睛吗？
你不能说这是情爱，你这样年纪，
欲火该不是太旺了，该驯服得住了，
该听从理智的判断了；你怎么决定的
从这边跨到这边呢？你当然有感觉，
要不然你不会行动的；可是当然
你的感觉是麻痹了；发疯也不会
这样的荒谬，丧心病狂也不能
这样子弄到一点鉴别力也没有，
分不清这样的是非。是什么魔鬼
这样子跟你玩捉迷藏，把你蒙住了？

63　禾穗发“灰”，用我国江、浙农民语，指霉病，与原文恰合，但不知如何写法，今按读音写下。

有眼睛而没有触觉，有触觉欠视觉，
有耳无手，有嗅觉而别的都没有，
哪怕只留得一点点有病的真感觉
也不会这样子胡涂啊。
羞耻啊！你不会脸红了？既然是孽火
使半老女人的骨髓里起得了蠢动，
让贞操变成蜡投给青春的烈焰
都烧成灰吧。我们不要喊羞耻了，
只当看不见淫乱在向我们进攻，
既然冰霜都烧起了漫天的大火，
理智都替淫欲跑腿了！

后　　　　　　噢，别说了！
你使我看透了我自己灵魂的深处，
我在那里面看见了乌黑的斑点，
牢得永不会褪色啊。

哈　　　　　　嗨，把日子
就过在油腻的床上淋漓的臭汗里，
泡在肮脏的烂污里，熬出来肉麻话，
守着猪圈来调情——

后　　　　　　　　　　　噢，别说了！

　　这些话刺进我耳朵简直象尖刀啊，

　　别说了，好哈姆雷特！

哈　　　　　　　　　　　一个杀人犯，

　　一个恶棍，一个不及你先夫

　　千百分之一的奴才，一个冒充了

　　国王的小丑，一个窃国盗位、

　　从一副架子上偷下了宝贵的王冠、

　　装进了腰包的扒手！

后　　　　　　　　　　别说了

哈　一个穿一身百结衣耍无赖的国王——

鬼魂上。*

　　天上的保佑神保佑我，张开了翅膀

　　回护我！——陛下英灵为何来此？

后　哎呀，他疯了！

---

* 现代版本有的照“第一四开本”说明“鬼魂穿寝衣上”。

101 小丑穿百结衣，一说指流氓穿破衣。

哈　你可是来责备你迁延时日的儿子吗，
来怪他虚度了时光、冷淡了热情、
搁置了严命、耽误了迫切的大事吗？
啊，说啊！

鬼　你不要忘记！我这次再来找你
无非是要磨快你快要钝了的决心。
可是看，你的母亲叫惊愕压倒了，
替她挡一挡她那个进攻的灵魂吧！
身体最软弱，幻想最容易来折磨。
你跟她讲话吧。

哈　你怎样了，母亲？

后　唉，你自己怎样了？
你怎么老是把眼睛向空中瞪着，
尽是对无形的空气说什么话呀？
你的眼睛显出了狂乱的神情；
就象熟睡的兵士听到了警号，
你一头平躺的发丝，象忽然醒了，
一根根都直竖起来了。啊，好孩子，
快朝你心狂意乱的一团烈火上

洒一些忍耐的凉水吧！你在看什么呀？

哈　他呀，他呀！你看他脸色多苍白！
凭他的神情对石头讲他的冤仇，
也会使它们感动啊。——不要尽看我，
我怕你这种凄恻的神情动摇我
坚决的主意；怕我要干的事情
会失去本色，眼泪会代替鲜血。

后　你对谁说话？

哈　　　　　　你没有看见谁在那边？

后　什么也没有；要有，我都看得见呀。

哈　也没有听见谁？

后　　　　　　　只听见我们两个人。

哈　啊，看那边！看他悄悄的走了！
我的父亲呀，穿着他生前的衣服！
看，他走了，现在正走出大门了！

〔鬼魂下。

后　这分明是你头脑里捏造出来的；
神经错乱最善于向壁虚构
这一类无根的幻象。

哈　　　　　　　　　我神经错乱？
　　我的脉搏跟你的同样平和，
　　同样是节奏正常。我刚才说的
　　决不是疯话。你要是考我一下，
　　我可以一字不漏的背出来；是疯子、
　　就愈说愈乱了。母亲，看上帝面上，
　　不要自己骗自己，涂一层药膏，
　　只当大声疾呼的是我的疯病，
　　不是你自己的毛病；这只能使脓疮
　　结上些浮皮，让它在里面溃烂，
　　暗地里毒害了全身。对上帝坦白吧；
　　好好的忏悔过去，警戒未来，
　　不要给满园子莠草再施上肥料
　　使它们更蔓延了。原谅我这点德行；
　　在这个穷奢极欲的万恶的时世，
　　功德反而必须向罪恶请罪——
　　替它做好事，反而要磕头求拜。
后　啊，你把我的心劈成了两半了！
哈　噢，那么就抛掉坏的一半，

留下另外那一半，干净些过日子。
安息吧；可不要到我叔父的床上去。
即使你不大干净，也学学贞洁吧。
习气那个怪物，虽然是魔鬼
会吞掉一切的羞耻心，也会做天使，
把日积月累的美德善行薰陶成
自然而然而令人安之若素的
家常便饭。只要忍过了今夜，
下一次节制也就并不太难，
再下一次自然会更加容易，
习惯简直会改变天生的本性，
它神通广大，不但会制伏魔鬼
而且会赶走他。我再说一声，安息吧；
哪一天你愿意得到上天的祝福了，
我也会求你祝福我。至于他老人家，　〔指波乐纽斯。
我抱憾杀了他；可也是天意如此，
借他一死来罚我，借我手来罚他，

173　哈姆雷特误杀波乐纽斯，使克罗迪斯可以振振有词来对付他了。

我当了执行天意的工具和使者。
我把他先安顿好了，再来担当
我把他杀死的罪名。好，安息吧。
我出于一番好意，不得不残忍。
事情做坏了，还有更坏的下文。
还有一句话，母亲。
后　　　　　　要我怎么样？
哈　你不要这样，我绝对不要你怎么样：
就让大肚子国王再抱你上床去；
拧你的脸庞；叫你亲爱的小耗子；
让他用恶臭的嘴一再亲你，
用他混帐的手指摸摸你颈脖子，
就把你哄骗得全盘泄露了事机，
告诉他：我实在并不是真的发疯，
原来是装疯。你尽管让他知道吧；
要只是漂亮、聪明、懂事的王后，
谁肯对一只癞蛤蟆、臭蝙蝠、野公猫，

177、178 “这一对韵语总结了全场的情形，上句指他对待王后的行动，下句指波乐纽斯的死。”（多弗·威尔孙）

隐瞒住这样切身的机密呢？谁肯呢？
不，不用讲常识，不用管周密，
你尽管学一只自作聪明的猴子，
爬到屋顶上，打开鸟笼，放了鸟，
自己来钻进笼子，作一个试验，
结果连笼子掉下来，摔断了脖子。
后　你放心，如果言语是气息做的，
气息是从生命来的，我要是有生命
就不会吐露你对我所说的一个字。
哈　我得去英国；你可知道吗？
后　　　　　　　　　　　　唉呀，
我忘了！确乎是这样决定的。
哈　文书是密封的；受托去递送文书的
是我的那两位同学，我可要当毒蛇
来信托他们哩；他们负责去开路，
引我进什么圈套去。看他们干吧；
叫工兵用炸药自己来炸翻自己，
倒是好玩；不好好干一场才奇怪，
我要在他们的地雷底下埋地雷，

把他们直轰上月亮去。啊，最妙是
将计就计正好在狭路相逢。
这家伙可叫我马上要背起包袱。
我要把这堆尸首拖到隔壁去。
母亲，好好睡。嗯，这一位大臣
生前是一个愚蠢多嘴的家伙，
现在是最安静，最谨慎，最庄重不过了。
来吧，老先生，收拾个干净下场吧。
再见了，母亲。

〔各下，* 哈姆雷特手曳波乐纽斯尸。

---

* 在现代舞台上，王后当然用不着下场。

第四幕 *

第一场　城堡中一室。**

国王、王后、罗森克兰兹及纪尔顿斯丹上。

王　你这样叹气一定有深长的意义。
快把它说出来；我得知道个究竟。
你的儿子呢？
后　请你们二位暂且走开一会儿。

〔罗森克兰兹与纪尔顿斯丹下。

啊，陛下，我今晚遇见的真怕人啊！
王　什么，葛忒露德？哈姆雷特怎样？
后　他疯得象大风和大浪在一起显身手，
看谁更高强。他疯得无法无天，

---

* 这是传统的分幕法，情节实际上到第四场末才告一段落。

** 本场地点也可能即王后寝宫。

一听见帏幕背后有一点响动，
就拔出剑来，吆喝说“有耗子，有耗子！”
就这样在神经错乱中一下子刺死了
那个躲着的老好人。

王　　　　　　　　　　啊，了不得！
我要是在场，也遭了他的毒手了。
他的自由对大家都是个威胁——
对你自己，对我，对无论哪一位。
唉，这一桩血案要怎样解释呢？
人家一定要怪我，有见在先，
却不曾趁早把这个发疯的年轻人
严加管制；都是我太爱了他了，
不肯考虑到最为适当的措置，
却好象一个害了脏病的糊涂虫，
生怕它露出来，就让它从里边耗蚀了
生命的元气。他此刻到哪儿去了？

后　他去把他杀了的尸身拖走了；
他的疯劲儿，就象矿渣里出金子，
一见到尸首就显出纯良的本性——

他为了自己干出的事情哭了。

王　噢，葛忒露德，来！

我一定只等太阳一出到山头，

就叫他坐船走开；这一件坏事呢，

我得用尽我的威力和手腕，

出来圆个场。喂，纪尔顿斯丹！

罗森克兰兹与纪尔顿斯丹上。

你们二位去再找一些人手。

哈姆雷特发疯，把波乐纽斯杀死了，

把尸首从他母亲的房里拖走了。

去把他找来；说话要和气，把尸首

抬进教堂去。请你们赶快办好。

〔罗森克兰兹与纪尔顿斯丹下。

来，葛忒露德，我要把最有头脑的

一些朋友都召来，让他们知道

不幸的事故和我的决定。这样子

街谈巷议尽管放射出毒箭，

象炮弹对准着目标一样的笔直，

也许就不会伤到我的名声，

只打了伤不了什么的空气。来！

我的心绪太乱了，心情太坏。　　〔同下。

第二场　城堡中另一室。

哈姆雷特上。

哈　藏好了，不会出毛病了。

罗、纪　〔自内〕哈姆雷特！哈姆雷特殿下！

哈　又是什么声音啊？谁在喊哈姆雷特？噢，他们来了。

罗森克兰兹与纪尔顿斯丹上。*

---

*　可照多弗·威尔孙解释，加卫士数名。

罗　殿下把那个尸首怎么样处理了？

哈　羼到泥土里去了，送回了老家。

罗　究竟在哪儿，讲出来，我们好搬掉它，
　　抬进教堂去。

哈　你们可不要相信。

罗　相信什么？

哈　相信我会尊重你们的心机，不尊重我自己的心思。而且身为堂堂王子，居然受海绵质问，该怎么置答呢？

罗　殿下把我当海绵吗？

哈　嗯，先生；你这种海绵吸收了国王的恩宠，他的赏赐、他的威权。可是这种官员到头儿给国王卖了最大的命。国王像猴子一样的，把他们啣在嘴角里，先舔弄一会，最后才一口吞下去。他一旦需要你们所吸收的东西了，就把你们一挤，那么好，海绵啊，你们又是干瘪瘪的了。

罗　我不懂殿下的意思。

哈　你不懂最好。恶毒的话正好在傻瓜的耳朵里睡大觉。

罗　殿下一定得告诉我们尸首在哪儿，然后跟我们一块儿去见王上。

哈　尸首跟国王在一块儿，国王可不跟尸首在一块儿。国王是一个东西——

罗　一个东西，殿下？

哈　空无所有的东西。带我去见他。狐狸躲起来，大家来追呀。

〔同下。

第三场　城堡中另一室。

国王及侍从上。

王　我已经派人去找他，去寻尸首了。
放纵这个人来胡闹是多么危险！
可是我不能用严厉的法律惩办他。
他得到疯狂的群众普遍的爱戴，

22　这句装疯胡诌的话，如有意义，究竟是什么意思，各家猜测不一。其中一说：尸体，即君主的外形，克罗迪斯有了，真实和合法的君王却不在这个形体内，似较可取（见弗奈思《集注本》）。

25　《赞美歌》在英国国教祈祷书里有这样一句：“人是空无所有的东西，他的日子很快消逝，有如影子。”这句话已成为极端鄙视的骂人话。多弗·威尔孙指出哈姆雷特在这里不但辱骂了国王，而且暗示他的日子不长了。“狐狸躲起来”一句话是儿童游戏中语，哈姆雷特装疯一说就首先跑了。

他们凭眼睛喜爱人，不用头脑，
因此只会怪犯罪人受罚太重，
不管他犯罪不轻。要风平浪静，
这样子马上叫他走，一定要显得是
出于周详的考虑。病发得急了，
一定得使用急药来医治才对，
要不然不好办。

罗森克兰兹上。*

怎么样？事情怎样了？

罗　陛下，他把尸首藏在哪儿了
我们问他不出来。

王　他自己在哪儿？

罗　在外边，陛下；看住了，听候发落。

王　把他带进来。

---

* 多弗·威尔孙照“第二四开本”上“罗森克兰兹及其他人员上”的说明，使纪尔顿斯丹也同时出场。

罗　喂，纪尔顿斯丹！把殿下带进来。

哈姆雷特、纪尔顿斯丹及卫士上。

王　喂，哈姆雷特，波乐纽斯呢？

哈　吃晚饭去了。

王　吃晚饭？在哪儿？

哈　不在他吃东西的地方，在东西吃他的地方。一大群官虫正在开会议对付他。蛆虫是会餐的皇帝。我们养肥了一切生物来养肥自己，我们养肥了自己来喂蛆虫。胖国王和瘦乞丐只是味道不同——两道菜上一个席。结果就是这样。

王　唉，唉！

哈　一个人可能用一条吃过一个国王的蛆虫来钓鱼，再去吃那条吃过这条虫的鱼。

16　多弗·威尔孙照“第二四开本”办法，删“纪尔顿斯丹”，存“喂，把殿下带进来”作为半行，接上半行。因此，这里上场只有哈姆雷特及卫士。

20、21　有些学者指出，莎士比亚可能暗射到为制止宗教改革判定路得为邪教徒而在日耳曼乌姆斯（谐英文“蛆虫”）地方召开的帝国会议（谐英文“会餐”）。但从上下文全面看，哈姆雷特显然主要是骂政客以至皇帝象蛆虫一样的贪婪。

王　你说这句话是什么意思？

哈　没有什么，无非是指点给你看一位国王会怎么样到一个乞丐的肠胃里去出巡哩。

王　波乐纽斯呢？

哈　上天去了。打发人到天上去看吧。万一你的使者在那边找不到他，你自己到另外那一边去找他吧。可是，当然了，要是你一个月内找不到他，你上楼梯，进走廊的时候，鼻子一定会闻到他了。

王　〔对若干侍从〕到那边去找他。

哈　他会恭候的，不会走。

〔侍从下。

王　哈姆雷特，你居然干出了这桩事情，
我非常痛心，可是我为你的安全
也非常担心，因此我必须打发你
火速离开。你自己赶快去准备吧。
船已经安排停当，风向也顺利，
随从在恭候，只等你一到就出发
去英国。

---

32 “另外那一边”指地狱。

哈　　去英国？

王　　对，哈姆雷特。

哈　　好。

王　当真是好事呀，只要你懂我的用心。

哈　我看见一个天使看出了你的用心。可是走吧，上英国去！再见，亲爱的母亲。

王　你该说你的慈爱的父亲，哈姆雷特。

哈　我的母亲！父母是夫妻，夫妻是一体；所以再见了，我的母亲。走吧，上英国去！　〔哈姆雷特及卫士下。

王　紧紧的跟着他；哄他赶快去上船。
别耽搁；我要他今夜就离开这儿。
去吧！凡是和这件事有关的一切
都已经办好了。请你们务必要赶快。

〔罗森克兰兹、纪尔顿斯丹及其他人众下。*

英国王，丹麦的宝剑在你的国土上
还留下创伤的痕迹，青一块，红一块，
你还自愿表示要孝敬我们，

---

* 下场大致照威尔孙办法，一般现代版本仅说明二人下，若然，下文一段话只能看作“旁白”，不是“独白”，更欠自然。

你如果怕我的威力，知道我照顾你
对你有多大的好处，就不能漠视
我的训令；我已经在文书里边
说得明明白白，要你把哈姆雷特
立即处死。照这样办吧，英国王；
因为他象热病，在我的血液里燃烧，
你得治好我。非等我知道是治好了，
我无论遭遇如何，不会再欢笑了。〔下

第四场　丹麦原野。

福丁布拉斯、一队长及士兵列队行进上。

福　队长，你去替我向丹麦王致意。
告诉他，根据约定，福丁布拉斯
请求他派人来指引部队过境。
你知道我们回头在哪儿会合。
要是王上有什么事要跟我商量，

我也可以亲自去见他面谈。

你就这样对他说。

队长　　　　　　　　是，大人。

福　慢步前进。

〔福丁布拉斯与士兵下。

哈姆雷特、罗森克兰兹、纪尔顿斯丹及其他上。

哈　队长，这是谁家的军队？

队长

挪威王家的军队，先生。

哈　请问出兵有什么用意？

队长

去打波兰的一部分地方。

哈　是谁统率你们的，队长？

队长

挪威老王的侄儿，福丁布拉斯。

哈　队长，你们是去打波兰的本土呢，

还是只去打边境？

队长

老实说，一点也不用夸张的说吧，
我们只是去争夺一小块地方，
那还是只有空名、没有实利的。
只出五块钱，五块，我都不租它；
归挪威也罢，归波兰也罢，拿去卖，
反正也不会卖得出更大的价钱。

哈　啊，那么波兰人决不会守它了。

队长

不，波兰人已经在那里设防了。

哈　化上两千条性命，两万块金圆，
也解决不了这个草芥问题。
大概是富足和太平长出了脓疮，
在里面溃烂，外表上还并不显出
一个人将死的征象。——谢谢队长。

18　莎士比亚可能想起 1601 年 7 月 2 日至 1602 年春，英军在尼德兰，坚守俄斯坦得沙邱，抗拒西班牙大军，伤亡重大的英勇战斗。

25—29　哈姆雷特可能在公开场合又说了反话，闪烁其词，“出脓疮”三行不着重论行动的目的，着重论行动的重要，意不在“行动出于脓疮”，而在“不行动出脓疮”，不与下文独白中“寸土必争”意呼应，而与“醉生梦死”意衔接。

队长

上帝保佑你，先生。〔下。

罗　殿下，走吧。

哈　我马上就来，你们先走一步。

〔众下，仅留哈姆雷特。

我到处碰见的事物都在谴责我，
鞭策我起来复仇！一个人还算人吗，
如果他至高无上的享受和事业
无非是吃吃睡睡？那就是畜生了。
上帝造我们，给我们这么多智慧，
使我们能瞻前顾后，决不是要我们
把这种智能，把这种神明的理性
霉烂了不用啊。可是究竟是由于
禽兽的健忘呢，还是因为把后果
考虑得过分周密了，想来想去，
只落得一分世故，三分懦怯——
我实在不知道为什么一天天过下去
只管在口里嚷“这件事一定要做”，
而明明有理由、有决心、有力量、有办法

叫我动手啊。天大的榜样在教我呢。
看这支多么浩浩荡荡的大军，
统领是一位娇生惯养的小王子，
神圣的雄心鼓起了他的精神，
断然蔑视了不能预见的结局，
全不顾吉凶未卜，安危难定，
不惜拼血肉之躯，冒生命之险，
哪怕就为了个鸡蛋壳！要真是伟大
并非是没有大事情就轻举妄动，
可是在荣誉要受到危害的关头，
哪怕为一根草也就该大大的力争。
我呢，我父亲被害，我母亲受污，
搅得我头脑冒火，血液沸腾，
我却让一切都睡觉，我哪儿有面目
看这么两万人却不惜一死，就要去
为了一点点幻梦、一点点虚名，
进坟墓只当上床铺，就要去争夺
一块小地方，哪怕它小到容不下
这些人当战场，也不够当坟地来埋葬

阵亡的战士呢！啊，从今以后，
我的头脑里只许有流血的念头！〔下。

第五场　艾尔西诺城堡中一室。

王后、霍拉旭及侍臣一人上。

后　我不想跟她说话，

侍臣

她一定要进来谒见，简直是疯了。
看样子实在可怜。

后　她要怎样呢？

侍臣

她老是讲她的父亲；尽是说她听说
世界上鬼花样太多，哼哼，搥搥胸，
打鸡骂狗；说话闪闪烁烁，
有意思又没有意思，莫名其妙，
可是就这样东拉西扯倒也会

引起听的人妄加猜测和捉摸，
断章截义来附会自己的想法；
她说的时候还霎眼，点头，做手势，
的确会叫人真以为话里有深意，
拿不定是什么，可总该有一点不妙。

霍　跟她谈谈也好，免得她惹人家
捕风捉影，闹出了三长四短。

后　让她进来。

〔侍臣下。

〔旁白〕
也正合罪孽的本性，我心惊肉跳，
把细事都当作大难将临的预兆，
犯罪人疑神疑鬼，吊胆提心，
越是怕出毛病，越是会自己出毛病。

侍臣引莪菲丽亚上。*

莪　美丽的丹麦王后陛下在哪儿呀？

* “第一四开本”导演词：“莪菲丽亚失发弹琴上。”

后　怎么样，莪菲丽亚？

莪〔唱〕

　　我怎样替你来认清楚

　　　情郎是哪一个？

　　就看他穿芒鞋，拄拐杖，

　　　草帽上嵌贝壳。

后　哎呀，好小姐，这支歌是什么意思呀？

莪　说怎样？请只管听好了。

〔唱〕

　　告诉你姑娘啊，他死了，

　　　他再也回不了；

　　脚跟头竖一块白石碑，

23　从此以下，全场中，莪菲丽亚所唱的大概是莎士比亚当时听众所熟悉的民歌片断，但除片言只语外，大致都已失传。《哈姆雷特》剧本出来以后，这些片断，除一段外，都有传统曲谱（见弗奈思《集注本》）。柯尔立其指出莪菲丽亚在这里把两个主题合而为一，一个是丧失情人（哈姆雷特）的哀痛，一个是丧失父亲（波乐纽斯）的哀痛，同时父兄告诫她提防哈姆雷特的那些话使她恐惧，也在这里透了头。这里开头三节（十二行）是一个曲调。

25、26　这种装束都是香客的标记。情妇作为圣者，情人作为香客是常用的比喻，而据说过去情人也常假托朝山讲香而进行幽会。帽上嵌贝壳（严格译应为海扇壳），说是表示圣地在外，需要飘洋过海的意思，若然，似乎也恰合哈姆雷特出国这一点吧？

头顶上长青草。

噢呵！

后　得，莪菲丽亚——

莪　请注意听吧。

〔唱〕

寿衣啊白得象山上雪，——

国王上。

后　唉呀，陛下看。

莪　〔唱〕

鲜花啊堆上去；

情人来送（不）到了坟园里，

眼泪啊象落雨。

王　你怎样，美丽的小姐？

37　一切古本都有这个“不”字，在原文中（在译文中也可以看出）音节上多余，意思上也不贯，十八世纪浦伯开始删掉，近代版本一般都照删，但陶顿认为这个字可能是莪菲丽亚神思恍惚中临时插进去的，因为她忽然想到了父亲死后不明不白草草埋葬，开始恢复，现代编订者，例如威尔孙与吉特立其都照办了。

莪　好。上帝保佑你！他们说猫头鹰是一个面包铺老板的女儿变出来的。上帝啊，我们都知道我们现在是怎样，可是谁也不知道随时会变成什么样呢。愿上帝跟你同席！

王　她心里放不开父亲。

莪　我们别提这个吧；要是人家问起你这都是什么意思的话，你就这样说：

〔唱〕

明朝是伐伦丁节日，
　大家要早起身，
看我啊到你的窗口，
　做你的意中人。

40、41　据说英国格罗斯忒州民间有此流行故事："救世主一天走进一家面包铺，那里正在烘面包，就要一块面包吃。女老板马上把一块面团放进烘炉给他烘制；可是女儿就怪她不该拿了太大的一块，把它减缩到极小的一点点。面团却不久开始胀大了，马上变成了极大的一块。女儿不禁叫出来，'咻，咻，咻'，这种猫头鹰式的声音也许就使救世主想起了主意，为了她的邪恶，叫她变成了那样一只鸟。"

42　韦立谛指出"上帝跟你同席"就是"做你席上的客人"，与面包铺女儿故事接起来，就是"不要怠慢人家"了。

46　以下四节（十六行）歌词属另一个曲调。英国有一种古远的风习，直保持到十八世纪，圣伐伦丁（Saint Valentine）节日清早上男子所看见的第一个女子被认为就是他的真情人。

他起来披上了衣服，
　就马上开房门，
大姑娘进去了出来
　不再是女儿身。

王　美丽的莪菲丽亚！

莪　真是，嘿，不用赌咒了，我就了了它！

〔唱〕

我的天，我的地，哎呀，
　真不怕难为情！
小伙子总毛脚毛手，
　可不能怪别人。

你把我弄到手以前
　答应过要结婚。

这是女的说的，男的就回答说：

现在好，只怪你胡涂，
　自己来送上门！

王　她象这样子已经有多久了？

莪　我希望万事会大吉的。我们得耐性点儿；可是我一想到他们竟把他搁进了冰冷的泥土里去，可叫我不哭也不行呀。一定得叫我的哥哥知道；对，我就谢谢你们替我出的好主意。来，我的马车！晚安，太太小姐们。晚安，可爱的太太小姐们。晚安，晚安。 〔下。

王 请你们紧紧的跟随她，好好的当心她。

〔霍拉旭及侍臣下。*

这是悲痛太深的流毒；来源呢
就是她父亲的暴死。啊，葛忒露德，
灾祸临门总不是单枪匹马，
总成群结队。首先，她父亲被杀；
其次，你儿子出走，正怪他自己
一手造出了乱子；老百姓一团糟，
到处是议论纷纷，乱猜测老好人
波乐纽斯的横死，我一时胡涂，
偷偷摸摸，草草率率的埋了他；
可怜的莪菲丽亚如今迷失了理性，
一丧失理性，人就是空壳，是禽兽；
最后，比所有这一切还要麻烦，

* 下场动作照多弗·威尔孙加上“及侍臣”。

她的哥哥从法国秘密的回来了，
没头没脑的钻进了云里雾里，
只顾自己去瞎摸，少不了饶舌鬼
你一句我一句，败坏他的听闻，
乱讲他父亲死得不明不白，
说话无根，就难免肆无忌惮，
归咎到我身上。啊，亲爱的葛忒露德，
这就象霰弹炮，要四面八方，打得我
死上加死哩。

〔内喧呼声大作。

后　　　　哎呀，这是闹什么呀？
王　我的警卫队呢？叫他们把守好宫门。

侍臣另一人上。

什么事？
侍臣　　　　请赶快躲避一下吧，陛下：
海洋涨起来，涌过了四周的堤岸，
席卷附近的平地，来势汹汹，

还不比年轻的莱阿替斯带一群暴徒
压倒了警卫队！暴徒都叫他王上；
仿佛世界还不过刚刚开始，
什么古风、旧制、老规矩，全忘了；
一切都自作主张，他们只顾喊：
“我们来挑选！一定要莱阿替斯做国王！”
扔帽子，举手，一直叫喊到云端里，
“一定要莱阿替斯做国王！莱阿替斯王！”

〔内喧呼声更高。

后 嗅错了足迹，还叫得这么高兴！
你们找反了方向，造反的丹麦狗！

王 门都冲开了。

莱阿替斯武装率群众上。

莱 昏君在哪儿？——弟兄们，都站在外边。

众 不，我们要进来！

莱 请你们听我话。

众 好，我们就出去！ 〔众退至门外。

莱　谢谢；守住门。——你这个万恶的国王，
还我父亲！
王　　　　　　安静点，好莱阿替斯。
莱　我身上要有一滴血安静得下来，
我就是杂种，我父亲就是忘八，
我母亲贞洁的面额上就烫了烙印
算是婊子婆！
王　　　　　　你究竟为什么，莱阿替斯。
要这样大张旗鼓，公然造反？
放了他，葛忒露德。不用怕他会伤害我。
国王的周围总有个神圣的篱笆，
叛逆者只能来窥看，达不到目的，
只能想，做不成。好好跟我讲，莱阿替斯，
你为何这样动怒。放了他，葛忒露德。
说吧，好汉。
莱　我的父亲呢？
王　　　　　　死了。
后　　　　　　　　　　可不是他干的。
王　让他问一个痛快。

莱　他怎么死的？我不是可以捉弄的。
忠心，滚进地狱去！信誓，抛去送魔鬼！
仁义道德，直落到无底洞里去！
我不怕自己下地狱。我意志坚定，
上天也罢，入地也罢，我不管，
有什么尽管来什么，我只要为父亲
痛痛快快的报仇！
王　　　　　　　　　　谁又想阻止你呢？
莱　除开我自己的意志，谁也休想！
至于我的气力，我不想浪费，
定叫它事半功倍。
王　　　　　　　　　　好莱阿替斯，
如果你愿意弄清楚你的父亲
究竟是怎样死掉的，你报起仇来
要不要先分清友敌，还是要不分
青红皂白，一网打尽？
莱　我只找他仇人算账。
王　　　　　　　　　　　你可要认认吗？
莱　对他的好朋友，我要这样子拥抱；

我不惜学舍身来哺养小雏的塘鹅，
拿血来喂他们。

王　　　　　　　　　　啊，你现在说话
才象个好孩子，才象个真正的贵公子。
不但你父亲被害与我无干，
而且我为此也感到非常悲痛，
这一点真相该使你眼睛雪亮
真好比见了阳光了。

众〔自内〕　　　　　　让她进来。

莱　怎么！是闹的什么？

我菲丽亚上。*

噢，愤怒的火焰啊，烧干我头脑！
七倍辛酸的眼泪啊，泡瞎我眼睛！
我发誓，定叫人家来加十倍抵偿
害你发疯的罪过！五月的玫瑰啊，

---

* 我菲丽亚上场，有的学者认为手里拿着花或者身上乱戴着花，有的认为下文说到花是她想象的，并无真花在身边或手头。

可爱的姑娘啊，好妹妹，好莪菲丽亚！
天啊！难道一个少女的理性
也就象老人的生命一样的脆弱吗？
天性由于热爱而分外敏感，
精细到无微不至了，就把本性里
珍贵的东西献给了所爱的人。

莪〔唱〕

他们用棺材架把他抬走
唉呀，唉呀，唉呀唉，
洒一阵眼泪在他的坟头。

再见，我的小鸽儿！

莱　你如果没有发疯，要劝我报仇，
还不会这样子感动我。

莪　你得唱“嗟啊嗟，你叫他啊嗟啊”。噢，翻来复去，多么相称！讲的是那个坏良心的管家偷了他主人家的小姐。

157—159　最好的古本“第二四开本”没有这三行。

160　这段歌词的古曲谱，弗奈思未能查出。

166　“你得唱嗟啊嗟，你叫他啊嗟啊”，亦作由莪菲丽亚唱出的两行，各家都认为难以确定该是唱出还是说出，如说出该从哪个字起算歌词部分。“翻来复去”有的学者解释是指歌词叠句，有的解释是纺轮（一边纺纱一边唱山歌）。坏管家故事，据说无可考。

莱　这种胡扯要比正经话还有力。

莪　这点花是迷迭香，表示记忆的。爱人，你要记好。这是三色堇，表示相思的。

莱　疯话里有教训！相思和记忆恰好合适。

莪　这点巧嘴茴香花给你，还有这点邪眼漏斗花。这点苦芸香花给你，留一点给我自己。我们到礼拜天可以叫它慈悲草。噢，你戴起来跟我的戴法不同！这是骗人精雏菊。我本想给你们一点坚贞的紫罗兰，可是我父亲一死，全枯了。人家说他得了一个好收场——

〔唱〕

可爱的罗宾是我的宝贝。

莱　忧思，苦恼，悲痛，甚至于地狱，
她都会点化成温柔，点化成爱娇。

169、170　迷迭香和三色堇一般解释是给莱阿替斯的，因为莪菲丽亚误认他为情人了。

172—176　茴香花据说代表谄媚，漏斗花代表忘恩或私通，一般解释都是给克罗迪斯的，芸香花代表愁苦与悔恨，给王后，也如莪菲丽亚明说的，给她自己，两人同苦而各有“不同”。雏菊代表欺骗，威尔孙解释是给她自己的（与三色堇一起），以志警惕。紫罗兰代表坚贞，威尔孙解释她觉得都完了，没有人可给了。为了一读（一听）就有一点印象，译者在花名上都加了形容词。

177　这一行歌词另属一个曲调。

莪 〔唱〕

他难道不会再回来？
他难道不会再回来？
不会了，死掉了；
你也去死好了；
他永远不会再回来。
白胡须好比雪纷纷，
黄头发赛过乱麻绳，
他完了，他完了；
算了吧，都算了：
愿上帝可怜他灵魂！

我祈祷上帝宽恕一切基督徒的灵魂。愿上帝和你们同在！〔下。

莱 上帝啊，你看见这种光景吗？

王 莱阿替斯，我一定得分担你的悲痛，
别拒绝我这份权利。你不妨出去，

---

180 以下两节（十行）歌词又另属一个曲调。

随你挑几位你最有见识的朋友，
请他们来公断你我之间的是非，
要是他们认为我直接或间接
犯了杀害罪，我甘愿把我的国家、
王位、生命，凡是我所有的一切，
交给你随意处置；要是我无罪呢，
那么就请你心平气和，听信我，
我就跟你同心协力，想办法
使你心满意足。

莱　　好吧，就这样。
他这样死得离奇，埋得草率，
坟头上不立碑，不挂剑，不装点盾徽，
不举行庄严隆重的任何仪式，
从天上到地上都发出不平的呼声，
我必须追究个明白。

王　　你可以办到；
罪在谁身上，就在谁头上开刀。
请你跟我来。

〔同下。

第六场　城堡中另一室。

霍拉旭与仆从一人上。

霍　什么人要见我说话?

仆　是几个水手，大人。他们说他们有信要交给大人。

霍　让他们进来。

〔仆从下。

我不知天涯海角还能有什么人
会给我写信，除非是哈姆雷特殿下。

水手数人上。

水手甲　愿上帝祝福先生。

霍　愿他也祝福你。

水手甲　他也会的，先生，要是他高兴的话。这里有一封信，是那位去英国的特使托我们捎来交给先生的，要是先生的大名果然就是霍拉旭的话。

霍 〔读信〕

霍拉旭，你读过信以后，请照料来人一见国王。他们还有信给他。我们出海还不满两天，一只全副武装的强盗船就来追赶。我们眼看叫他们追上了，不得已就起来迎战，交手之下，我跳上了他们的船。他们的船一下子划开了；我一个人做了他们的俘虏。他们象一帮义盗，对待我很好；可是他们也明白他们这样做有什么好处：我自然会报答他们的。你设法把我给国王的信交到了以后，请就象逃命一般，火速前来会我。我有话要对你亲自说，准叫你听了会张口结舌哩，可是话还是太轻，事情的本身还重得多了。这几个好伙计会把你带到我目前所在的地方。罗森克兰兹和纪尔顿斯丹继续向英国进发。关于他们，我有许多话要告诉你。再见。——你的知已哈姆雷特。

跟我来，让我带你们就去交信，
速办速了，你们好马上带我
去找那位托你们送信的先生。

〔同下。

第七场　城堡中又一室。

国王与莱阿替斯上。

王　现在你明白了，得承认我的无罪，
你得把我当作你心腹的朋友，
既然你用了懂事的耳朵听说了
凶手杀的是你那位高贵的父亲，
要的是我的命。
莱　　　　　　　　这是一清二楚了。
可是告诉我为什么你不去惩办
这样一种罪大恶极的暴行，
为你的安全着想，为一切着想，
你正该行动啊。
王　　　　　　　　只因为有两重理由，
在你也许会觉得是软弱无力的，
在我却非同小可。他的母后
不见他简直是活不成，至于我自己
（算我的长处也罢，劫数也罢，）

我的生命和灵魂都跟她分不开，
正象星球的运行离不开轨道，
我也寸步离开她不了。另外呢，
我为何不能提他来公开审判，
就因为一般民众非常爱戴他，
他们用好感包涵他的过失，
就象魔泉把木头都泡成石头，
把他的铁索化成了光荣；因此
我的箭，太轻了，逆着这样的大风，
不但会射不到我对着瞄准的目标，
而且会反过来射到我开弓的身上。

莱　因此我就白死了高贵的父亲；
白白让好好的妹妹害成了疯癫，
直落到如今叫人家有口难夸
她品貌俱全，简直是睥睨一代，
冠绝人世啊。可是我总要报仇。

王　你放心睡你的觉吧。你不要以为
我只是一块随和泄气的坯子，
让人家气势汹汹的揪着胡子，

还只当开玩笑。你就会听到消息的。

我爱你的父亲，我也爱自己，

因此，我料想，你就可以想象到——

使者一人上。

怎么样，有消息了？

使者　陛下，哈姆雷特有信：

这是给陛下的，这是给王后娘娘的。

王　哈姆雷特来信？是谁送来的？

使者

听说是水手们，陛下；我没有看见；

克罗迪奥交我的；送信人把信先送到

他手里。

王　莱阿替斯，你可以听我读一读。

走吧。

〔使者下。

〔读信〕陛下在上，我已经光身回到陛下的国土上来了。明日请允许前来拜谒，面求鸿恩，赐禀我突然而离奇的回国原由。——哈姆雷特。
什么意思呢？另外人也都回来了？
难道是骗局，没有这么一回事？
莱　你认识笔迹吗？
王　是哈姆雷特的亲笔。
“光身”！这儿还附一笔，说“独自一人”。
你能给我解释吗？
莱　我更茫然了，陛下。就让他来好了！
我凉了半截的心里一下子热和了，
因为我想到就可以当面对他说，
“你干的好事！”
王　要真是如此呢，莱阿替斯，
（怎么会这样呢？可是又能会怎样呢？）
你能听我的指挥吗？
莱　听，陛下，
只要陛下不叫我跟他过得去。
王　正叫你心里过得去。倘若他回来了，
倘若他半途而返，倘若他不想
再继续出去，那么好，我现在想好了

一个主意，怂恿他做一桩事情，
定叫他落到罗网里不能脱身；
死了也引不起一点儿风言风语，
连他的母亲也不会猜疑到什么，
只当是发生了意外。
莱　　　　　　　　　　我听从陛下；
最好还要请陛下想法子叫他死
就死在我手里。
王　　　　　　　　正好要借重你一手哩。
自从你到国外游历各处以来，
人家常提起、叫哈姆雷特常听说，
你有一项特长；你全盘才艺
还不及这一点能挑起他的妒忌心，
虽然我看来这只是你最不足道的
一点本领。
莱　　　　　　什么本领呀，陛下？
王　不过是青年人帽上的一条缎带，
倒也是少它不了的；因为青年人
确乎适于穿轻松潇洒的衣裳，

正如老年人适于穿貂裘衣服，
表示能保养，能持重。两个月以前，
有一位诺曼第来的绅士在这儿。
我自己见过法国人，跟他们打过仗，
他们是善于骑马的；可是这一位
更是能手，马术里简直有魔术。
他简直是长在马背上，随意奔驰，
出神入化，俨然象跟他的骏马
化为 体了。他真是神出鬼没，
直叫我挖空心思也想象不尽
他的花样哩。

莱　　　　　　是个诺曼第人吗？

王　是诺曼第人。

莱　那一定是拉蒙。

王　　　　　　　对，就是这个人。

莱　我跟他相当熟识。他在全法国
真算得一宝哪。

王　　　　　　　他也承认你了不起，
他一口称道你武艺如何高强，

特别佩服你使的一手好剑，
他不禁感叹说倘有人棋逢敌手，
能跟你交手一番，该大有可观。
他发誓说他本国的剑术大师
碰上你，都会忘记了什么叫劈刺，
什么叫招架，眼睛都花了。你知道，
他这番对你的夸奖叫哈姆雷特
着实不服气，因此他什么也不想，
只盼你忽然回来跟他比一手。
好了，这就——

莱　　　　　　　　　这就怎样，陛下？

王　莱阿替斯，你可是真爱你的父亲？
还是你无非象画上了一副苦相，
有面无心呢？

莱　　　　　　　陛下为什么要问呢？

王　并非我疑心你不爱你的父亲；
只是我知道爱心是时会引起的，
我从经验证明的事实里看见过
爱的火花会随了时间冷淡的。

即使在爱的火焰当中也就有
烧枯的灯芯逐渐来削弱了光热。
什么事情都不能长远是一样好，
因为好品质逐渐成长到过分了，
会充血而死的。我们要做的事情
要做就该做；这一个“要”字会变的，
有多少舌头，多少手，多少意外，
它就有多少衰退，多少迁延；
这一个“该”字就会象乱用的叹息，
松口伤一下元气。可是我们谈
目前问题的症结吧。哈姆雷特回来了。
你怎样以行动来表示你真是父亲的
肖子呢！

莱　　　　就在教堂里割他的咽喉！

王　的确，哪儿也不能庇护凶手，
禁止报仇。可是，好莱阿替斯，
你首先得躲在家里，不要出门。
哈姆雷特回来会听说你也回家了

119　旧说叹气耗血伤身。

我们叫几个人夸赞你武艺出众，
把那个法国人对你的那一番夸奖
再锦上添花；激他来跟你比一手
赌一个输赢。他为人不拘细节，
一向大方，没有一点儿鬼心眼，
决不会查看比武剑究竟对不对；
因此，再耍点小花巧，你轻易就挑了
没有磨钝的一把剑，暗算他一句
就报了你杀父之仇了。

莱　　　　　　　　　　我就这么办！
而且我还要在剑上涂一些毒药。
我从卖药人买到了一种油膏，
毒极了，只要把刀尖在里面蘸一下，
刺到人一出血，哪怕只擦破一点皮，
那就用全世界能搜集得到的药草
配制起来的妙药，也休想救得了
他的性命。我就用这种药涂一点
在我的剑头上，我叫他受一点擦伤
就保他送命。

王　　　　　　　　我们再仔细想想，
研究研究看什么时间才便利，
什么办法最合适。万一失败了，
万一，弄不好，会叫人看得出破绽，
还是不要试这一著。为了保险，
还得有第二步计划作为后盾，
以防走火。慢点！让我想想看。
你们的表演应该有隆重的悬赏。
啊，有了：
你跟他交手的时候，要拼命用劲，
声东击西，累得他又热又渴，
一等他要讨点喝的，我马上就给他
一杯预先备好的药酒，就算他
逃过了你的毒剑，只叫他一喝酒，
我们就如愿了。慢点！什么声音？

王后上。

怎么样，我的好王后？

后　灾祸一桩紧跟着一桩，真的是
接踵而至。你妹妹淹死了，莱阿替斯。
莱　淹死了！噢，在哪儿？
后　一道溪坎上斜长着一棵杨柳树，
银叶子映照在琉璃一样的溪水里。
她编了离奇的花环，用种种花草，
有苎麻、金凤花、雏菊，还有长颈兰，
（放浪的牧羊人给它起更坏的名称，
贞洁的姑娘还不过叫它“死人指”。）
她到了那里，爬上横跨的枝枒
去套上花冠，邪恶的枝条折断了，
把她连人带花，一块儿抛落到
呜咽的溪流里。她的衣服张开了，
把她美人鱼一样的托在水面上，
她还断续的唱些古老的曲调，
好象她一点也不感觉自己的苦难
又好象本来是生长在水里的一样，
逍遥自在。可是也不能长久，
一会儿她的衣裳泡水泡重了，

把她从轻妙的歌唱中拖下泥浆里
死了。
莱　　　　啊，那么她真是淹死了？
后　淹死了，淹死了。
莱　你已经受够了水了，可怜的妹妹，
因此我就忍住了眼泪吧；可是
这也是人类的常情，勉强不得，
顾不了好不好意思。眼泪一哭掉，
女人气也就会跑了。再见，陛下。
我有一嘴的火焰，很想吐一吐，
可惜叫这些傻眼泪浇熄了。　〔下。
王　　　　　　　　葛忒露德，
我们跟上去：好容易我平了他的气！
现在我生怕这样又把他激动了；
我们就跟上去。
〔同下。

第五幕

第一场　墓园。

甲乙掘墓人携锹锄上。

甲　女人家自己寻死，葬她还要用基督教仪式吗？

乙　我告诉你要用的；所以你赶“紧”点儿掘她的坟。验尸人已经验过她，检定了没有错，可以照基督教仪式来埋她。

甲　怎么搞的，除非说她跳河是为了逃命。

乙　验明白了，她是逃了命。

---

2 “紧点儿”表面意思是“快点儿”，也带玩笑的含义“窄点儿”（多弗·威尔孙）。

4、5 “为了逃命”照字面译应是“为了自卫”，乙说的应为“啊，验明是这样的”。“自卫”二字在甲稍嫌太文。现在这样，多一层玩笑，也符合乙说话精神。

甲　这只能是“自毁行动”；不能是别的什么。道理很清楚：假定我存心把自己淹死，这就造成了一种行为；一种行为有三个分支——一是干，二是做，三是行；所以，她是存心把自己淹死的。

乙　喂，你听我说，开坟老爹！

甲　你听我说。这儿是水；好。这儿是人；好。要是这个人到这片水里去，把自己淹死，不管他有意无意，总是他自己去的——你注意这一点。可是倘若是水跑过来把他淹死，那就不是他自己把自己淹死。所以，不找自己的死，就不是缩短自己的命。

乙　这是法律吗？

甲　嗯，可不是，这是验尸人验尸的法律。

乙　你要我干脆说一句老实话吗？如果这一个死的不是什么上等人家的妇女，人家就不会用基督教仪式来埋她了。

甲　啊，你这才说对了！真是可气，大户人家的阔气人偏比别的基督徒小弟兄更有权利投河上吊。来，我的锄头。要数

6　莎士比亚在这一段里实际上是挖苦法律、法官及讼师。“自毁行动”原文用拉丁文，法律名词有“自卫行动”，甲缠错了——或故意缠错了——这个拉丁文名词。（这也是译者在上文避用“自卫”二字的原因。）

家世，也再没有比种园子的，挖沟的，掘坟的这三家更古了。他们都是继承的亚当老祖的行业。

乙　亚当老祖也是个世家子弟吗？

甲　他是开天辟地第一个装起门面、挂起“家徽”来的。

乙　啊，他连衣服都不穿，还讲究什么“家灰”“家火”的！

甲　怎么，你是个邪教徒吗？你连圣经都不懂吗？圣经上说亚当掘地：掘地不用“家伙”吗？他的“家伙”就是他的“家徽”。我再考你一个问题。要是你回答不上来，干脆招认——

乙　来吧。

甲　什么人造起东西来比泥水匠、船匠、木匠都造得坚固？

乙　做绞刑架的;因为架上死了一千个住户，架子还是不倒呀。

甲　我真喜欢你的聪明劲儿，真的。绞刑架来得好。可是绞刑架好在什么地方呢？好在对付做坏事的人。现在你做了坏事，说绞刑架比教堂还造得坚固：所以，绞刑架对你正好合适。得，另外再猜猜吧。

乙　“什么人造起东西来比泥水匠、船匠、木匠都造得坚固？”

25　“家徽”西方古时庶民以上的所谓“上等人家”都得有，用花纹作标记，画在盾牌或盾形牌上，作用有点相当于中国古时标榜显贵的“门阀”或“门牌”。

28　原文，“掘地不用手臂吗”——“手臂”在原文中与“家徽”谐音。

甲　对了，你说出来，我就放你松松气。

乙　好，有了！

甲　说吧。

乙　糟糕，就是说不出。

哈姆雷特与霍拉旭上，立远处。*

甲　不用再绞你的脑筋了，你这个蠢驴子，怎么打，你也不会跑快的；下回你要再碰上这个问题，就回答说，“掘坟的”。他造的房子一直好住到世界末日哩。去，到老约翰店里去，给我要一盅酒来喝。

〔掘墓人乙下。

甲　〔且掘且唱〕

当年啊我只管讲恋爱，讲恋爱，

---

* 哈姆雷特登场时可能穿水手服，因为他自己说过“光身”，而掘墓人起初不认识他。

44　据各家考证，演莎士比亚戏剧的环球戏院旁边有“聋约翰”酒店。

46　掘墓人唱的是莎士比亚当时一支流行歌曲的一些乱搅在一起的断片。那支歌曲还有曲谱（见弗奈思《集注本》）。舞台上传统用的是《林中的儿童》一曲的调子（曲谱见弗奈思《集注本》）。

只觉得挺有趣，挺美；
只求它好消遣，谁管它好啊歹，
干别的都不合脾胃。

哈　这家伙一点也感觉不到自己在干什么事儿吗，一边掘坟一边还唱歌哪?

霍　他做惯了也就不在乎了。

哈　不错：五指不勤，五官倒灵。

甲　〔唱〕

想不到老年啊一转眼就来到，
早把我抓住了不放；
坐不了几天船，就把我拖上岸，
我只算白活了一场。　〔掷起一骷髅。

哈　这一个骷髅本来有一个舌头，从前也会唱歌哩。看这家伙把它一摔就摔在地上，倒象那是世界上第一个杀人凶手该隐的烂颚骨似的！这也许是一位政客的脑瓜，现在叫这傻瓜随意颠来倒去了；谁知道他当初不是个偷天换日的能手呢?

霍　也许是的，殿下。

54　这一节歌原文一三两行也不押韵。

哈　或许是出入朝廷的老爷，最会说“早啊，大人！大人可好？”他也许就是某某老爷，嘴上在夸赞某某老爷的马，心上转讨过它来的念头，你说不是吗？

霍　是的，殿下。

哈　啊，正是呢，现在好，是蛆虫夫人的宝贝了，下巴颏也脱掉了，叫一把掘坟人的铁锹儿敲过来打过去。好一场翻身呀，叫我们有眼睛的看起来真是好看。花了那么多本钱培养了这些枯骨无非是为了叫人家拿来当木头抛着玩吗？想起来我好不伤心呀。

甲〔唱〕

来一把锄头啊，一把锹，一把锹，
　翻开它黄土啊一堆，
掘一个泥坑啊，请客人进里头，
　住起来挺美啊挺美。　〔掷起另一骷髅。

哈　又是一个。这不会是一个讼师的骷髅吗？他搬弄定义，他穿凿字眼，他颠倒是非，他歪曲法令，他使用诡计，干出来的种种勾当，现在可都到哪儿去了？他为什么容忍这个撒野的家伙用一把肮脏的铁铲把他的脑壳乱打一气，倒不去告他一状，说他犯殴打罪呢？哼！这家伙生前也许是一个收罗地皮的大主顾，只管挖空心思，要他的条文，搞他的甘结，敲他的罚金，抓他的双重保证，追他的赔偿。现在这就是他罚出来的好结果吗，赔出来的好收梢吗，叫他大好的脑袋里装满了大好的粪土？他的保证人，哪怕是双重四重的，再不能保证他收买来的地皮，顶多保上他一对契约那么大小的一点地方了吗？这么一小只匣子可装不下他那么一大堆地产的文契呢；地产的所有者本人就不能再有点周转的余地了吗，你说？

霍　不能再多出一点点了，殿下。

哈　文契纸是用羊皮做的吗？

霍　是的，殿下，也有用小牛皮做的。

哈　想靠这些牛羊皮做的东西来保有土地的也只是牛羊罢了。我要跟这家伙讲讲话。这是谁的坟呀，喂？

甲　是我的，先生。

〔唱〕

掘一个泥坑啊，请客人进里头，
住起来挺美啊挺美。

哈　我看这个坑倒真是你的，因为你在里边瞎钻。

甲　你在外边瞎转，先生，所以这不是你的。我呢，我并不在里边瞎缠，可还是我的。

哈　你是在里边瞎缠，因为你明明在里边说这是你的。这是给死的，不是给活的；因此你明明是瞎缠。

甲　先生，这就叫开着眼睛瞎缠呀，挺活的，一下子就会从我身上转到你身上哩。

哈　你是给什么人掘的这个坟？

甲　不是给男女不分的什么人的，先生。

哈　那么给哪一个男人或者哪一个女人呢？

甲　不是给哪一个男人，也不是给哪一个女人。

哈　那么里边究竟要埋谁呢？

甲　要埋的本来是一个女人，先生；可是，天保佑她的灵魂，她已经死了。

哈　这家伙真是死心眼儿，会扣门！我们得对着指南针说话，一板一眼，毫厘不差，要不然一含糊就会出乱子，叫人家寻着错处了。说真话，霍拉旭，我这三年来注意到了，这年头变得这样精灵古怪，乡下人的脚尖已经逼近了朝廷人士的脚跟，擦得破他们后跟上的冻疮了。——你当掘坟的已经有多

97—103　原文用“躺”“谎”二字谐声开玩笑，译文用“瞎钻”“瞎转”“瞎缠”三词来代替。但也不妨用“瞎睬”“瞎扯”二词。

久了？

甲　我动手干这项营生，不早不晚，在一年三百六十来天当中，就挑了先王爷哈姆雷特打败福丁布拉斯的那一天。

哈　那有多久了？

甲　你不知道吗？哪一个傻瓜也都会知道的。也就是那一天生的小哈姆雷特——他现在可疯了，送到英国去了。

哈　啊，对了；人家为什么把他送到英国去呢？

甲　还不是就因为他疯了！他到英国，疯病会好的；即使好不了，在英国也不大要紧。

哈　为什么？

甲　英国人不会看得出他是疯子的；他们自己都跟他一样的疯呀。

哈　他怎么会弄到发疯的？

甲　来得可离奇啊，人家说。

哈　怎么个离奇法？

甲　天晓得，神经都出了毛病哩。

哈　根源在哪儿？

甲　根源自然就是在这儿丹麦呀。我在这儿，从小到大，干了三十年掘坟的行业了。

哈　一个人埋在地下要多久才腐烂呢？

甲　先要看他死以前有没有先烂。现在有许多害杨梅疮害死的尸首不等到埋好就已经先烂完了。要不是这样呢，他可以给你拖上个八九年光景。一个硝皮匠会给你拖上个九年。

哈　为什么他比别人要耐久？

甲　先生不知道吗，他的皮也硝得绷硬了，可以长久透不进水；再没有水这样东西更会泡得烂一个烂污货养的尸首了。这儿又是个骷髅。这个骷髅在地下埋了二十三年了。

哈　谁留下来的？

甲　是个婊子婆养的疯小子。你猜是谁？

哈　我猜不出。

甲　这个遭瘟的疯流氓！他有一次拿一坛莱茵酒浇我一头。这一个骷髅，先生，就是国王御用的打诨脚色约里克的脑袋。

哈　就是他吗？

甲　还有谁呢？

哈　让我看。〔取骷髅〕唉，可怜的约里克！我从前认识他的，霍拉旭。他是个滑稽百出、妙想天开的家伙；他总有上千次背过我的；现在叫我一想起来，就觉得心里直作恶。这上面本来挂过两爿嘴唇皮，亲过我不知有多少次。现在好，你的挖苦呢？你的调皮呢？你的蹦蹦跳跳呢？你的哼哼唧唧呢？你逗得哄堂大笑的滑稽劲儿呢？你没有留得下一点儿玩笑来嘲笑你现在做的这种鬼脸吗？你把下巴颏都笑掉了，狼狈到尽张嘴，合不上来了吗？现在你给我到小姐的闺房里去，对她说，随她把脂粉涂到寸把厚，她结果还是会变成这一副尊容，叫她笑一笑吧。霍拉旭，请你告诉我一点事情。

霍　什么事情，殿下？

哈　你说亚历山大在地下也会是这副模样吗？

霍　难免如此。

哈　也这样臭吗？咦！　〔掷下骷髅。

霍　也难免如此，殿下。

哈　我们会重新落到多么下贱的用场啊，霍拉旭！我们一步步想象下去，不会想象到亚历山大的最高贵不过的玉体叫人家拿来当烂泥给酒桶塞塞孔眼吗？

霍　这样想就未免太想入非非了。

哈　不，一点也不是；十足是按部就班，实事求是推出来的：你看，亚历山大死了，亚历山大埋了，亚历山大变成了泥土；人家用他的泥土捏成了一团泥巴；那么他们怎么保得定不会用他的泥巴来塞酒桶呢？

煊赫一世的恺撒变成了烂泥，
会拿去填填窟窿，堵堵冷气。
那一团泥土啊，叫世界都受过震动，
竟弄到补补墙壁，挡挡老北风！
噢，别作声！躲开吧！国王来了——

我菲丽亚灵柩、莱阿替斯、国王、王后、众侍臣及教士一人上。*

还有王后、廷臣。送谁的葬呀？
仪式竟这样草草？这显然表示了
他们来埋葬的那个人是寻了短见，
自杀死掉的；倒也是很有点身份的。
我们躲开去看看他们吧。

〔与霍拉旭下。

莱　还有什么仪式呢？

哈　　　　　　　　　这是莱阿替斯，
一位非常高贵的青年。听吧。

---

* 简化送葬行列大致采用多弗·威尔孙办法，与古本接近，与正文内容亦符合。

莱　还有什么仪式呢？

教士

她的葬礼受到了极大的通融，
已经不能再宽大了。她死状可疑，
要不是上边有命令，好变通教规，
她本该就埋在教堂圣地以外，
一直到世界末日；不替她祈祷，
只给她身上扔碎磁，石片，石头。
现在已经许她有处女的花圈，
给她撒了一身的鲜花，按仪式
敲了钟送她安葬了。

莱　不能再有其他的仪式了？

教士　　　　　　　　　　　　不能了。

我们不能再亵渎殡葬的圣规，
再象对平安死去的灵魂那样的
给她唱安魂曲。

莱　　　　　　　　　　就让她入土为安吧。

愿她洁白无瑕的肉体上开出来
紫罗兰鲜花吧！告诉你，刻薄的烂牧师，

我妹妹会去当天使，你倒会落到了
地狱里号叫哩！

哈　　　　　　　　　　怎么，是莪菲丽亚？

后　好花就送给娇好的人儿；安息吧！　　　　　　〔撒花。
我本来指望你嫁给我的哈姆雷特；
我本想拿鲜花装点你结婚的新床呢，
想不到撒在你坟上了。

莱　　　　　　　　　　　　　　啊，不要讲
那个该死的浑蛋了，可恨他害得你
丧失了灵慧，我但愿千灾百难
都落到他头上！等一会，慢点盖上土，
让我最后再把她拥抱一回。　　　　　〔跃入墓内。
现在把死的活的一起都盖了吧，
把黄土堆上来，平地堆出个大山来，
高出庇连山，高过奥林匹斯山
插天的青峰！

210　当时常用敞盖灵柩。

213　希腊神话中巨人在庇连山（Pelion）上堆起奥萨峰，试图由此攀登上接天庭的奥林匹斯山（Olympus）。

哈 〔上前〕 什么人提起悲痛

居然会惊天动地，说起伤心话

居然叫天上的行星都听了发呆，

站住不动了？看，有我在这儿——

丹麦王子哈姆雷特！ 〔跃入墓内。

莱 魔鬼抓你的灵魂！ 〔与哈姆雷特扭成一团。

哈 你祷告错了。

请你松手，别掐住我的喉咙；

别看我并不暴躁，并不莽撞，

当心我发作起来可有点危险，

你得放聪明一点儿。赶快放手！

王 赶快把他们分开！

后 哈姆雷特，哈姆雷特！

众 两位都放手！

霍 好殿下，不要动气。

〔随从将二人解开，各自步出墓外。

哈 我倒巴不得就为了这个题目

跟他直斗到我的眼睛都闭了。

后 我的孩子啊，什么题目呀？

哈　我爱莪菲丽亚，四万个弟兄的爱
　　全部都加在一起也休想抵得上
　　我的分量！你又能为她干什么？
王　噢，他是说疯话，莱阿替斯。
后　看上帝面上，千万别理他！
哈　哼，我倒要看看你能做什么！
　　哭吗？打架吗？绝食吗？撕破衣裳吗？
　　喝干一大缸酸酒吗？吞一条鳄鱼吗？
　　我会干。你是来这儿哭哭啼啼吗？
　　你跳进她的坟里来扫我的颜面吗？
　　要跟她活埋在一起，我也会干的。
　　你夸说高山大岭，那就叫他们
　　朝我们身上堆它亿万亩泥土，
　　让地面把头顶直伸到“烈火天”去烧焦，
　　让奥萨峰比成个小瘤吧！你会嚷，

---

236 “酸酒”原文是“醋”，也有解释是河名。传说“醋”可熄怒火，但增忧郁，与“举杯浇愁愁更愁”作用相似。“吞鳄鱼”可能联想到西方的“鳄鱼泪”，意思是中国的“猫哭耗子”，假惺惺。有的解释这里意思只是“喝苦酒，吃难吃的东西”而已。哈姆雷特在这儿有挖苦意，也有学者认为只是夸大说法。

242 “烈火天”或“烈火带”，旧天文学中天体上的一“带”。

我会叫得更响。

后　　这全是疯话；
他一时发作起来，总是这样。
只消一会儿他就会安静下来的，
就象耐性的母鸽子一窠抱出了
一对金黄的小雏儿。

哈　　听我说，老兄，
你凭什么理由要这样对待我？
我是一向爱你的。可是也罢了。
好汉要闹，就随他怎样来闹，
猫总是要叫，狗也总是会咬。　〔下。

王　好霍拉旭，请你去照看照看他。

〔霍拉旭下。

〔对莱阿替斯〕
记住我们昨天晚上的谈话，
忍耐一点儿；我们马上就动手。——
好葛忒露德，想法去看住你儿子。——

这个坟头上要有个活生生的纪念物。
一会儿我们就会松口气，安安心，
眼前呢，我们要做得非常有耐性。

〔同下。

第二场　城堡中大厅。

哈姆雷特与霍拉旭上。

哈　这是第一点，现在我再讲第二点。
你可记得清这一切细情末节？
霍　记得清，殿下。
哈　我当时心里实在是七上八下，
睡也睡不着。我觉得比做了暴徒、
上了脚镣还难受。莽撞就莽撞吧——
实在是莽撞点也好；我们得承认，

257　以下几句还是对莱阿替斯说的，都别有深意。“活生生的纪念物”，如被王后听见，会只当立一个经久不变的墓碑，在莱阿替斯听来，知道指的是要杀哈姆雷特以志纪念。

深谋远虑要是达不到目的，
冒失一下有时候反而有好处；
可见随我们怎样琢磨来琢磨去，
结局还是靠天意。

霍　　　　　　　　千真万确。

哈　我就从我那个房舱里一骨落爬起来，
披上了船上用的短大衣，黑暗里
摸出去找他们睡的地方；找到了，
摸到了他们的文件包，重新退回到
自己的房间里；我既然起了疑心
也就顾不得规矩，我擅自拆开了
他们的那道皇皇的训令；好家伙，
那里面是一个多么堂堂的鬼主意！
理由一大堆，天花乱坠，说什么
为了丹麦也为了英国的利益，
放了我，噢呵！简直是放妖魔鬼怪，
因此切切此令，等文书一到，
务必不用等斧头再磨快一点，
就把我立即斩首。

霍　　　　　　　　居然会这样？
哈　这就是原来的训令；你有空再读吧。
可是要不要听我讲后来怎么办？
霍　讲吧，讲吧。
哈　就这样在重重诡计的罗网当中，
我的脑筋也不等布置好开场，
就开始大显身手了。我马上坐下来；
另外写一道训令；写得很端整。
我过去也跟我们的政治家一样，
认为字写得规矩是表示俗气，
竭力想忘记这一手学来的本事，
现在好，这一手倒正好拿来应急了。
你说我写的什么？
霍　　　　　　　　讲吧，殿下。
哈　用国王名义，发出紧急的命令，
说因为英国是他忠心的藩属国，

32—34　“字写得端整”：“字写得规矩”，——照吉特立其解释；照威尔孙解释应为“写了花体字”“写出花体字”；这两种解释都是说明文书小吏写公文的特色，不合贵人大官的身份。

因为双方的友善该象棕榈树
欣欣向荣，因为和平该保持
麦穗的花冠，该成为一个撇点
联接住两国的邦交，再加上一大套
诸如此类、严重万分的“因为”，
着——一见文书，不容延误，
不许这两位送信的有时间忏悔，
把他们立即处死！

霍　　　　　　　　怎么盖印呢？

哈　就是这一点也显出天帮了我的忙。
我身边恰好还有我父亲的私印，
丹麦的国玺也就是照了它刻的；
我就照原来的样子把文书折好，
签好字，盖好印，拿去归还原处，
谁也看不出已经掉了包。第二天
就遭遇海盗，大战了一场；下文
你早就知道了。

霍　纪尔顿斯丹和罗森克兰兹就送掉了。

哈　谁叫他们要搞上这一件好差使！

我心上一点也不觉得对他们不起，
他们要巴结讨好，就自讨苦吃。
贱骨头不识相，偏要赶两大劲敌
你来我往的热闹，插进来一手，
真不知危险哪！
霍　　　　　　　　这算是什么国王！
哈　你看我现在可不是义不容辞吗，——
看他呀，杀了我父王，奸污了我母后；
蹦进来遮断了我即位当政的希望；
还摔出钓钩来，要钩去我的性命，
奸诈到这样——问良心我不该亲手
算了他的帐？我不干倒不受天谴吗，
我倒该让这个戕害人性的毒疮
进一步为非作歹吗？
霍　他一定很快会从英国得到消息，
听说到这件事情结果是怎样了。
哈　很快的。眼前这一刻是操在我手中。
一个人生死之间数不到“两下”。

74　这一行有两种含义：（1）“一”击就可以结果克罗迪斯的性命；（2）要说“很快”，人生也可以说“很短”，抓住时机也就不辜负一生。

我只是十分抱憾，亲爱的霍拉旭，
我不该一见莱阿替斯就忘其所以；
因为他的悲愤也正是我自己
惨痛的影子。我想对他转个圜。
也得怪他自己卖弄悲哀惹得我
大发了一场火性子。

霍　　　　　　　　　　　得，得！谁来了？

奥思立克上。*

奥　〔脱帽，深深一鞠躬〕恭喜殿下回国。

哈　多谢先生。——〔旁白，对霍拉旭〕你认识这一只水苍蝇吗？

霍　〔旁白，对哈姆雷特〕不认识，殿下。

哈　〔旁白，对霍拉旭〕也算你运气好；认识他真是作孽。他有

---

* 正如波乐纽斯是老年廷臣的一种典型，奥思立克是少年廷臣的一种典型。多弗·威尔孙强调他人小，说话矫揉造作，举止装腔作势，穿的奇装异服，算是时髦，肩头特出，好象翅膀，帽子古怪，好象“蛋壳”，凡此种种，都在以下对话中起了作用。这一段里有些导演词采用威尔孙的增添办法。

82 “水苍蝇”（或“水蠓虫”），水上微虫，“在水面掠来掠去，毫无显著目的，因此成为无事忙的象征”（约翰孙）。

许多田地，都十分肥沃。一头畜生做了许多畜生的主人，就会把它的秣槽搬到国王的饭桌上来的。他是一只小八哥养成的小老鸹，可是，我说，他拥有大量的臭粪。

奥 〔再鞠躬〕亲爱的殿下，倘然殿下有空，敢请把一件事情从陛下跟前送达到殿下面前。

哈 先生，我当小心翼翼，双手接受。把你的帽子恢复它正常的用途吧。那是给头戴的。

奥 多谢殿下，天气很热。

哈 不，相信我，天气很冷；刮了北风。

奥 当真有点冷，殿下。

哈 可是就我的体质来说，我觉得天气十分闷热。

奥 非常闷热，殿下，闷热得什么似的，简直是说不出。但是，殿下，陛下叫我来通知殿下说陛下为殿下打下了大赌。

---

87 “小八哥养成的小老鸹”原文只是“一种红爪鸟”。韦立谛指出莎士比亚戏剧中曾一再提到 " 红爪鸟”学舌的本领。据说“红爪鸟”养驯了爱偷钱，玩火。这一段第一层意义显然是骂新兴地主阶级爬上朝廷，但意义还可以推广出去，骂到一切巧取豪夺、由窃据土地至窃占国家的统治阶级小人到野心家（包括克罗迪斯）。这样看，“拥有大量的臭粪”一句双关骂语，也就易解了。

92 奥思立克说话矫揉造作，哈姆雷特也就用同样腔调来调弄他。莎士比亚当时，一般人在户内有戴帽习惯，莎士比亚在戏剧中常嘲弄在尊长面前不戴上帽子的卑躬屈膝的样子。

殿下，事情是这样——

哈 〔再促奥思立克戴上帽子〕不必拘礼了。

奥 不，殿下，我这样舒服，真的。殿下，莱阿替斯新近回朝，相信我，他真是一位十全十美的绅士，有种种出类拔萃的特长，态度温文尔雅，举止落落大方。真的，说句公道话，他是上流社会的指南针和历本，因为大家从他身上认得出、查得到一个有教养人的每一种品质。

哈 先生，你对他恭维备至，对于他确乎是毫发无损；虽然，我知道，要把他的好处一件件列出来，一定会把我们的记忆都搅胡涂了，叫它失去了计算能力，交不出一篇清楚的帐目来，即使交得出，那究竟还是一条摇摇晃晃的舢板，怎么也赶不上他这艘一帆风顺的快船。可是，凭真情实理来恭维一番，我认为他才德集了大成，品性高贵到稀有少见，说句最确切不过的赞美话，他只有在自己面前的镜子里才见得到和他相仿的第二人，别的人要想追上他，就至多是他背后的黑影子罢了。

奥 殿下把他真是描摹得入情入理。

哈 这都是什么意思呢，先生？我们为什么要用我们粗俗的呼吸裹起了这位高雅的绅士呢？

奥　殿下的意思是？——

霍　你自己这一路怪话到了别人嘴里就叫你听不懂了吗？试试看吧，先生，你也会懂的。

哈　你提出这位先生来，有什么用意？

奥　是说莱阿替斯吗？

霍　〔旁白，对哈姆雷特〕他的钱袋空了；他那些好听的字句都已经用光了。

哈　就是说他，先生。

奥　我知道殿下不是不知道——

哈　我但愿你知道，先生；可是，老实说，你知道了，我也增不了多少光彩。好，怎样呢？

奥　殿下不是不知道莱阿替斯有什么特长——

哈　那我可不敢说知道，因为怕一说我知道他有什么特长，就表示我自命有什么特长，敢于跟他一比了；实际上，要明白知道别人，就得要先知道自己。

奥　我的意思，殿下，是说他有一手好武艺；据大家的称道看来，他这一手本领实在叫谁也比不上。

哈　他使的哪一项武器？

奥　长剑和短刀。

哈　他使出两项武器来了——可是也罢。

奥　王上跟他打了赌，拿出了六匹巴巴里骏马；他那一方面呢，据我所知，押上了六把法国宝剑和宝刀——吊带、带钩之类的附件，一应俱全。三套吊架实在是动人心目，跟剑柄呼应得非常合式，真叫作巧夺天工，穷极豪华。

哈　你说的吊架是什么东西？

霍　〔旁白，对哈姆雷特〕我知道殿下得读读注解才懂得了。

奥　殿下，吊架就是带钩。

哈　要是我们在腰间能挂上三尊大炮，这个说法倒是合得上了：要不然就叫它带钩吧。说下去吧。六匹巴巴里骏马对六把法国宝剑，连同附件，三套穷极豪华的吊架：法国花样对丹麦玩艺儿。这都是“押”的什么呢？

奥　殿下，王上赌的是：殿下跟莱阿替斯交手十二回合当中，他赢的回数不会多出三回；十二比九，让殿下三着。只要殿下慨然答应，比赛就可以立刻进行。

哈　要是我答应一声“不”呢？

137　巴巴里，非洲地中海岸地名，以产马著称。

148—150　比赛胜负怎样确定，在原文里也只大意如此，并不明确，学者作种种解释，结果仍不圆满。

奥　我是说殿下亲自出马应战。

哈　先生，我就在这儿大厅里走走。倘若陛下不见怪，现在正是我在一天里要舒散舒散的时候。叫他们把比赛用的钝剑拿来吧，如果那位先生并不反悔，王上也并不改变主意，我愿意尽力为王上争取一场胜利；赢不了，我不怕丢一次脸，多挨人家剁几下。

奥　我就一字不走，照样去回话吗？

哈　就照我的意思去说，先生，字句上随你高兴加什么花样就加什么花样。

奥　〔鞠躬〕我向殿下推许我的忠诚。

哈　不敢当，不敢当。

〔奥思立克深深一鞠躬，戴帽下。

他自己来推许也好，别人可谁也无法叫好。

霍　这只小鸭子顶着蛋壳就跑了。

哈　他吃奶都先对奶头打躬作揖的。他就是这样子，我知道这一类人还有许多，都算是这个腐朽时代的宠儿，就学到一套时髦的腔调，一套表面的礼节——那么两套发酵的浮沫，让他们蒙混过了精明的舆论；可是只要拿他们来试一试，吹他们一下，这些水泡就都完蛋了。

一侍臣上。

侍臣　殿下，陛下刚才打发奥思立克来找殿下，他回禀说殿下就在这儿大厅里候驾。现在陛下又差我来问一问明白，殿下现在愿意就跟莱阿替斯比一下呢，还是要晚一点再说。

哈　我的意思始终如一，一切就看王上的高兴。只要王上认为方便，我总没有什么不方便；现在也好，无论什么时候都好，只要我象此刻一样还有点气力。

侍臣　王上，王后娘娘，和另外一些人，都要来了。

哈　来得正好。

侍臣　王后娘娘希望殿下在比赛以前，先对莱阿替斯说几句好话。

哈　多谢她这一番周到的嘱咐。

〔侍臣下。

霍　我看殿下会输的。

哈　我看未必。他上法国去以来，我一直没有放松过练习。让了我几着，我会赢的。可是你想不到我此刻心里多么不舒服。可是不要紧。

霍　不行，我的好殿下——

哈　没有什么道理；只有妇女才会在乎这种莫名其妙的不安心理。

霍　要是殿下心里有什么不乐意，那就不要干。我去挡一下，请他们不要来了，说殿下身体不爽快。

哈　千万不要，我们用不着怕什么预兆。一只麻雀，没有天意，也不会随便掉下来。注定在今天，就不会是明天；不是明天，就是今天；今天不来，明天总会来：有准备就是一切。既然没有人能从他得离开的人世间看得出什么时候正好离开，随它去吧。

国王、王后、莱阿替斯、奥思立克、众侍臣及其他随从携钝剑等物上。

王　来，哈姆雷特，让我来请你们拉拉手。

〔牵莱阿替斯手置哈姆雷特手中。

哈　请你原谅，先生。我对你不住，

192—194　这句用“第二四开本”的文字，照威尔孙的解释，译成这样。照“第一对折本”，译文应为：“……有准备就是一切，既然一个人留不住他得丢下的任何东西。早一点（或及时）丢下有什么要紧呢？”而没有“随它去吧”。

你是个堂堂男子，就请你原谅。
在场的各位都知道，
你也该听说了，我是怎样害够了
神经错乱。我的所作所为，
有什么地方伤害你感情和荣誉，
激起你憎恨的，我声明是发疯造成的。
哈姆雷特会侮辱莱阿替斯？那才不会；
要是哈姆雷特迷失了本来面目，
由不得自己的时候得罪了莱阿替斯，
那么哈姆雷特没有做，不能承认。
那么谁干的？是他的疯狂。要这样，
哈姆雷特就是受到损害的一方面；
他的疯狂就是他的敌人。
先生，当着在场的各位面前，
让我郑重否认我存心得罪你，
请大度包涵，只当我隔墙放箭，
误伤了我的兄弟。

莱　　　　　　　　论感情，我满意，
虽然本来倒就是这一点天性

最激动我要来报仇的；可是论荣誉，
我还有保留，不愿就跟你和解，
我要等受人尊敬的老前辈证明说
我确有前例可援，说就此作罢
也并不损害我的名誉。目前
我就当好意来接受你这番好意，
决不辜负它。

哈　　　　　　我也就竭诚领受了，
我就以弟兄的情谊来陪你玩一手。——
给我们拿剑来。来吧。

莱　　　　　　　　　　来给我一把。

哈　我是来陪衬你，莱阿替斯，我剑术低劣，
你本领高明，正好象黑夜衬托星，
准显出你格外辉煌。

莱　　　　　　　　　殿下别见笑。

哈　我发誓不是开玩笑。

王　拿剑给他们，奥思立克。哈姆雷特贤侄，

228　多弗·威尔孙强调奥思立克（裁判员之一）是安排给莱阿替斯拿快剑的同谋人。

你知道我们是怎样赌的吗？

哈　　　　　　　　　　　　　　　陛下，

我知道；陛下还照顾了弱的一边。

王　我不怕你输，我见过双方的技术；

只是他进步了，就请他让你几着。

莱　这把太重了；让我另外来挑一把。

哈　这把还合手。这些剑长短都一样吗？

奥　是，殿下。

〔双方准备比赛。

王　那张桌子上给我摆上盅酒。

哈姆雷特在第一或第二回合击中了，

或者在第三回合打成了平手，

那就让所有的炮垒一齐鸣炮；

国王就干上一杯酒祝贺哈姆雷特，

他还要在一杯酒里丢一颗珍珠，

极端珍贵的，比一连四代的丹麦王

嵌上王冕的还宝贵。把杯子给我；

要记好叫铜鼓马上向喇叭传话，

喇叭一气传达到外边的炮手，

大炮报告到天上，天昭告大地，

说“国王为哈姆雷特干杯了”！开始吧。

你们担任裁判的，要留心看好。

哈　来吧！

莱　来吧！

〔二人开始比赛。

哈　一下。

莱　没有中。

哈　裁判员！

奥　中了，明明是中了。

莱　好吧；再来！

王　停一停，我干杯。哈姆雷特，给你放珍珠。

祝你健康。

〔饮酒；铜鼓喇叭齐奏，内鸣炮。

这一杯拿去给他。

哈　我先把这一回赛完；拿去搁一搁。

来吧。

〔二人重行比赛。

又中了一下；你说是不是？

莱　碰着了，碰着了，我承认。
王　　　　　　　　　　王儿一定赢。
后　他容易出汗，有点喘不过气来。
　　哈姆雷特，来，拿我的手巾去抹抹头。
　　王后来干杯，庆祝你胜利，哈姆雷特。
哈　多谢母亲！
王　　　　　　葛忒露德，不要喝，不要喝！
后　我一定要喝，陛下；请陛下原谅。
〔饮酒，将杯授哈姆雷特。
王〔旁白〕
　　这一杯正是有毒的！已经来不及了！
哈　我还不敢喝，母亲，等一等再喝。
后　过来，我替你抹抹脸。
莱　陛下，我这次一定中。
王　　　　　　　　　我看靠不住。
莱〔旁白〕
　　可是我的良心还有点过不去。
哈　莱阿替斯，来第三回！你太随便了。
　　我请你使出你全副的狠劲来劈刺吧；

我怕你只当我小孩子拿来开玩笑哩。

莱　真的吗？好吧，来。

〔二人重行比赛。

奥　这一回不分胜负。

莱　着！

〔乘哈姆雷特不备，突袭，轻伤之；* 哈姆雷特怒发，逼近莱阿替斯；双方争夺中，用剑易手。

王　　　把他们分开！他们动气了！

哈　不行，再来！

〔进攻；王后倒地。

奥　　　　　　哎呀，看娘娘怎么了！

〔哈姆雷特重伤莱阿替斯。

霍　两边都流起血来了！怎样了，殿下？

〔莱阿替斯倒地。

奥　怎样了，莱阿替斯？

---

* 威尔孙根据击剑家说法，认为每一回完了，双方照例分开，现在莱阿替斯乘哈姆雷特遵守规矩的时候，给他一个阴险的袭击。

270　多弗·威尔孙指出，“不分胜负”或者是同时碰到一下（很轻，快剑都未能使哈姆雷特出血），或者是双方剑头各在对方短刀柄弯里绊住，所谓“锁住”了。

莱　唉，象山鸡投进我自己的罗网，
　　我得了报应，遭了自己的毒手。
哈　王后怎样了？
王　　　　　　　她看见流血就晕倒了。
后　不是，不是！噢，我的哈姆雷特！
　　是酒，是酒！我中了毒了！　〔死。
哈　噢，恶毒的阴谋！把大门关严了！
　　谁干的勾当，一定得查出来！
莱　在这儿，哈姆雷特。哈姆雷特，你也完了；
　　世界上什么药也不能把你救活。
　　你至多还有半个钟头的生命。
　　恶毒的凶器现在是在你的手里，
　　开了口还涂了毒药。这一着毒手
　　反过来也害了我自己，我这样倒下了
　　再不会起来了。你母亲也是毒死的。
　　我不能再说了。国王，国王是罪魁。
哈　剑头上也有毒药！
　　那么，毒药，你来吧！　〔刺国王。
众　反了！反了！

王　啊，朋友们，救救我！我只是受了伤。

哈　你这个乱伦的、血腥的丹麦的魔王，

喝干这一杯毒药！收你的珍珠吧！　〔强国王饮药。

追我的母亲去吧！

〔国王死。

莱　他报应受得好，

这是他亲手调配出来的毒药。

高贵的哈姆雷特，我们互相宽恕吧。

你杀我和我的父亲，我不来咒你，

我杀你，也不要咒我吧。　〔死。

哈　天赦了你的罪过吧！我就跟你去。　〔倒地。

我死了，霍拉旭。苦命的王后，再见。

你们做了这场变故的哑角，

面色发白、浑身打抖的见证啊，

要不是死神来拘捕，决不能通融、

让我留一下，我可以告诉你们——

可是就随它去吧。霍拉旭，我死了；

295　克罗迪斯原先说在酒里投珍珠，实际上是下毒药。

你还在；请把我的行品和道义
好好对不明真相的讲讲吧。

霍　　别想了；
我是丹麦人，倒更象古代的罗马人。
这儿还剩了一点酒。

哈　　你是个男子汉，　〔一跃而起。
把杯子给我，放手，非给我不可！　〔夺杯掷地，重又倒下。
啊，霍拉旭，这样子不说明真相，
我会留下个受多大伤害的名字！
如果你真把我放在你的心坎里，
现在你就慢一点自己去寻舒服，
忍痛在这个冷酷的世界上留口气
讲我的故事。

〔内闻远处行军鸣炮声。

怎么有军队的声音啊？

奥　小福丁布拉斯从波兰凯旋回来，
他们对英国派来的使节放了

310　古罗马人宁可自杀，不肯屈服。

这一阵礼炮。

哈　　　　　　　噢，我死了，霍拉旭！

猛烈的药性攻得我剩不了一口气，

我不能等到听英国来的消息了。

可是我能保福丁布拉斯当选

做丹麦国王；我给他临终的推举。

告诉他，也要讲大小事件怎样的

引到了这一步——另外就只有沉默。　〔死。

霍　颗高贵的心现在是碎了。

夜安，可爱的王子！成群的天使们

唱歌来送你安息吧！——干吗来打鼓啊？

福丁布拉斯、英国使节及其他人等上。

福　哪儿有热闹呀？

霍　　　　　　　你们要看的什么？

324、325　剧中的丹麦国王是所谓“选君”，实际上这种“选举”只是一种形式，国王的指名，特别是临终的推举，决定一切。福丁布拉斯从下文可以推出，与丹麦王室有亲戚关系。

看惊心惨目的场面，那还用找吗？

福　好一场惊心动魄的乱杀一气啊！
骄傲的死神，你要在你那个黑窟里
办什么酒席，竟至于一下子凶凶的
杀了这么多贵人啊？

使节甲　　　　　　　　　景象太惨了；
我们从英国也来得晚了一步。
等我们报告的已经听不见我们说，
我们已经执行了他的训令，
把罗森克兰兹和纪尔顿斯丹处死了。
谁再来谢我们一声呢？

霍　　　　　　　　　　　　他不会道谢的，
就算他还能够对你们开口说话吧。
他从来也没有下命令把他们处死。
可是你们既然都来得这么巧，
从波兰打仗回来，从英国派来，
正赶上这一场血案，那么就叫人
把尸首抬到个高台上，叫大家看看；
让我对至今还一无所知的外界

讲一讲事情的底细。你们会听到
荒淫，残杀，反常背理的行为，
出于偶然的灾殃，意外的送命，
逼不得已、将计就计的成功，
以及，这一个收场里，谋害别人
反害了自己的结局。我能把这一功
确实的讲出来。

福　　　　　　　让我们赶快听你说，
尊贵的第一流人士，都请来听听。
我也有在本土继承王位的权利，
照目前情势我不得不提出请求，
我抱悲痛的心情来接受幸运了。

霍　对于这一点，深得人心的死者
有好话托我说，说出来更多人会响应。
可是在目前人心惶惶的时候，
先赶快把这些收拾好，免得再发生
阴谋和错误，出乱子。

福　　　　　　　　　　叫四位队长
把哈姆雷特当军人扛到台上去；

他如果有机会临朝当政，干一下，
一定是一位极端英明的君王；
现在我们来追悼他，用军乐军礼
为他热闹一番。
把这些尸首都抬走。这一种光景
只合战场有，在这里太不近人情。
去，叫军队放炮。

〔同下，兵士舁尸，奏葬礼进行曲，继以鸣炮。